JN077926

櫻いいよ

きみに「ただいま」を言わせて

実業之日本社

実業之日本社文庫

目次

きみに「ただいま」を言わせて

1

「いただきます」が言える場所

みんなと仲良くしましょう、なんて言葉も、それを口にする人も、きらいや。

「どうして仲良くできないの」

つまり、わたしは教室の前に立っている担任の先生のことがきらいだ。誰かをきらいなわたしはみんなと仲良くできない、ということで、それはたぶん、あまりよくないことなのだろう。少なくとも、先生にとっては。

教室の入り口には、先生のきれいな字で『5年2組のモットー　みんな仲良く・楽しく・笑顔で』と書かれた紙が貼られている。四月からずっとだ。十二月になった現在まであの紙がゴミ箱に捨てられていないことが不思議で仕方ない。

「村崎《むらさき》くんも濱口《はまぐち》くんも杉内《すぎうち》くんも、同じことを自分がされたらいやでしょう?」

先生はわかってない。自分がされていやだと知っているから、人にするんだということに。いやがらせとはそういうものだ。

いつまで続くんやろ。

ちらりと教室の時計に視線を向けると、三時三十五分。よそのクラスはすでに終わりの会が終了したらしく、廊下が少し騒がしい。

さっさと終わらへんかなあ。

窓の外にある木が、風によってしなっていた。十二月に入って、気温がぐっと下がり、今日は特に寒い。お父さんは冬になるといつも、「奈良は盆地やから大阪より寒い」と鼻を赤くして帰ってくる。

早く家に帰って、お母さんの作ってくれるココアを飲んでのんびりしたい。

「時田《ときた》さんにちゃんと謝りなさい」

ぼーっとしていると、不意に名前を呼ばれ弾《はじ》かれたように顔を上げる。教室の前に立たされていた村崎隆史《たかし》は決まり悪そうにわたしから目をそらした。そばにいる濱口と杉内はふてくされた顔をしている。

結局、終わりの会は三人が先生によって強制的に、けれどまったく心のこもっていない「ごめんなさい」を口にしたことで終わった。普段よりも十分遅く。

さよーならー、と日直の挨拶で、教室の中が騒がしくなる。

「時田さん」

さっさと帰ろ、と荷物を片付けてコートを羽織ると、先生がヒールの低いパンプスで床を鳴らしながら近づいてきた。わたしを呼ぶ先生の声はいつもやさしい。やさしくて、気持ちが悪い。うねうねと体にまとわりつく毒蛇みたいな感じがする。

「なにかあったら、先生に言ってね。ひとりで抱え込まないでね」

なんやそれ、という言葉を呑み込み、はあ、と曖昧《あいまい》な返事をした。

「みんなときっと仲良くなれるから。そのために先生ができることはするからね」

先生は、今まで出会ったすべての人と仲良くしてきたのだろうか。だとすれば、たぐいまれなる強運の持ち主か、たぐいまれなる鈍感かのどっちかだと思う。先生はたぶん後者じゃないだろうか。

べつにわたしはみんなと——少なくともさっきの三人と——仲良くしたいとは微塵《みじん》も思っていない。

とりあえず「ありがとうございます」と頭を下げた。思っていることを口にしたら、扱いづらい子ども認定されることはわかっている。

「舞香《まいか》ちゃん、帰ろ」

「あ、うん」

クラスメイトの里依《りい》ちゃんがランドセルを背負って駆け寄ってきたので、先生に「さよーなら」と挨拶をした。先生は満足そうに「はい、さようなら」と微笑《ほほえ》む。どうやらわたしの返事に満足してくれたらしい。

「ほんま濱口たちって子どもやんな」

「いっつも舞香ちゃんに絡むよなあ。ばっかみたい」

となりを歩くポニーテールの里依ちゃんとショートカットの美穂奈《みほな》ちゃんが大人ぶ

った表情で言った。ふたりのランドセルにつけられているおそろいのキーホルダーが、揺れてカチャカチャと音を鳴らす。

　里依ちゃんとは小学校一年から、美穂奈ちゃんは今年同じクラスになってからの友だちだ。

　先生に今日の昼休み、濱口がわたしにゴミを丸めたボールをわざとぶつけてきたことを先生に言いつけたのはこのふたりだろう。ついでに、いつもわたしが三人にちょっかいを——たとえばまつげが長すぎて気持ち悪いと言われていたり、目がでかいから妖怪やと笑われていたり、ブスやバカやと呼ばれていたり——出されていることも告げ口したに違いない。

　めんどうやからべつに言わんでええよ、って言っていたのだけれど。

「アホやねん、男子は」

「うっせえばあか」

「うわ！　濱口や！」

　わたしを置いてきぼりに大声で文句を言い続けていた里依ちゃんたちの背後から、濱口が顔を出した。そのとなりには杉内、一歩うしろには隆史もいる。

「女子はすぐチクるからしょうもねえ」

　……しょうもないいんはどっちや。

「なんでそんな舞香ちゃんにちょっかい出すんよ」

「そんなん、時田が見ててイライラするからや」

責める里依ちゃんたちに、濱口はふんっと鼻を鳴らす。そして「なあ隆史」と同意を求めるように振り返って隆史に訊《き》いた。

「せやな」

隆史は、短くそう言ってすたすたとひとり先に歩きだした。濱口たちは、慌てたように隆史を追いかける。わたしたちに「もう余計なことすんなよ」と言い残してから。

ドラマでたまに見る、暴力団の兄貴と弟分みたいな関係だ。

ああいうのを金魚の糞《ふん》、と言うのだろうか。かっこわる。

冷めた目で去っていく三人を眺めていると、里依ちゃんが「なに見てんの」と視界に入ってきた。大きいわけではないけれど、目力を感じる里依ちゃんの双眸《そうぼう》に、わたしのぼけーっとした顔が映っている。

「ううん、男子って歩くん速いなあって思っただけ」

へらっと笑うと、里依ちゃんと美穂奈ちゃんは呆《あき》れたようなため息をつく。わたしのことをバカにしているのだろうな、とすぐにわかる。でも、それでいい。

「舞香ちゃんがそんなふうにぼけーっとしてるからあかんねんで」

「そうそう、舞香ちゃんも怒らんな」

「なんも言わんから、調子のるんやで」

「あー……うん。せやなあ」

ここはどう答えるのがいいのだろうと、とりあえず曖昧に返事をする。

いつもこんなふうに、あーとかうーんとかせやなあ、とかを繰り返しているからか、わたしはどうやら里依ちゃんと美穂奈ちゃんに「ぼーっとしているどんくさい子」と思われているらしい。

でも、そんなわたしだから、こうして一緒にいてくれるのだろう。

「舞香ちゃんがそんなふうやと、あいつらにちょっかい出されんの、実はよろこんでるんちゃうん、とか思われるで」

「えー、そんなことないよ」

「うちらは、わかってるけど、なあ」

美穂奈ちゃんは里依ちゃんと目を合わせて頷《うなず》きあう。〝よろこんでるんちゃうん〟って思っているのは、自分たちのくせに。そんな本音を呑み込んで「よかった」と答えた。

あの三人の男子は、なにやら女子に人気があるらしい。

お調子者でクラスのムードメーカーである濱口と、背が高くてサッカー部の杉内、そして小学五年生にしては大人びた印象のある隆史。5年2組の名物トリオだ。

わたしにはなにがいいのかさっぱりわからない。

濱口とは一、二年でも同じクラスだった。そのときは一度もしゃべったことがなかったのに、五年で同じクラスになってから、ことあるごとに突っかかってくる。杉内がいつもそれに乗っかってきて、最後に隆史が冷たい言葉でわたしを突き放す——というのがいつもの流れだ。

わたしから話しかけたことは一度もないのに、やたら話しかけてくる。わたしにとってあの三人は、しつこくまとわりつくハエのような存在にしか思えない。

「にしても、ほんま最低やな、あいつらは」

「ほんま、同級生の男子ってマジでガキすぎ」

里依ちゃんと美穂奈ちゃんも、彼ら三バカを意識しているのは間違いない。顔を合わせるとバカだガキだと言っているけれど、そう言うことでかまってほしいだけ。

そして、わたしと一緒にいるのも、あの三バカとの接点を持つためだ。

わたしを庇《かば》って三人と言い合うふたりは、いつもどこか楽しげで、いつもわたしに冷めた目を向ける。

「舞香ちゃんのなにがそんなに気に入らんのかわからんよな」

「気にせんときよ、舞香ちゃん」

慰めの言葉に「ありがと」とお礼を返した。

本当は、三人が本当にわたしのことをきらいだから絡んでいるわけではない、とわかっているけれど。ふたりだって、そんなことは気づいているだろうけれど。

思っていることを、口にしてはいけない。

思ったように、行動してもいけない。

——『あんたはほんま癇癪《かんしゃく》持ちやな』

——『せっかくあたしに似てかわいいのに』

ママの言葉が聞こえてきた。わたしに、癇癪持ちやな、と不機嫌そうに言うママが脳裏に蘇《よみがえ》る。それを思いだせば、わたしは冷静でいられる。

廊下の窓ガラスに、わたしの顔が映っていた。小さな顔に大きな瞳。長いまつげに形のいい鼻。そして手入れをしていないのにいつもサラサラの髪の毛。

かわいい——幼いときからそう言われていたのはなんとなく記憶にある。しわしわのやさしい手でわたしの髪の毛を撫《な》でながら、おじいちゃんとおばあちゃんがそう言っていた。

あるときからそばにいるようになったママは『あたしに似てかわいいいんやから』と言っていた気がする。そして、今も両親はわたしにかわいいと言ってくれる。

わたしは、かわいいらしい。

それを実感しはじめたのは、いつだろう。

学年が上がるにつれて、少しずつ男子からの視線にそれまでとは違うものを感じるようになった。それに比例して、女子からの視線が鋭くなった。だからわたしは、極力男子と距離を取るようになって、今では必要最低限しか言葉を交わさない。

なのに、あの三人のせいで、台無しだ。

ママになんか似たくなかった。

なにもかもが似ているような気がして、怖くなる。いやになる。

そっと目を閉じて、瞼《まぶた》の裏に揺れる火を描く。呼吸を整えると、それは微動だにしなくなり、そして、ふっと消えた。

大丈夫、わたしは、ママとは違う。

目を開けて、自分に言い聞かせた。


二学期最後の授業参観は、どうやら理科の実験をするらしい——という話をしながら三人で帰った。大きな道路に面した美穂奈ちゃんの家に先に着く。美穂奈ちゃんと別れたあとは、里依ちゃんとふたりきりだ。

「なんか、ごめんな」

数メートル歩いてから、里依ちゃんが申し訳なさそうな顔をして言った。マフラーを口元まで引き上げて、少し俯《うつむ》きがちに。

「なにが？」

「いや、さっき授業参観の話で、なんか、親の文句めっちゃしゃべってもうた」

ああ、そういうことか。

「そんなん、気にせんでいいよ、大丈夫」

「なんか、無神経やったよな」

「そんなことないって」

この話になると、いつも居心地が悪い。というか、なんて答えるのがいいのかわからない。傷ついたと言えばいいのだろうかと考えるけれど、べつに傷ついてないし、たぶんこの返事は正解じゃない。

結局、里依ちゃんと別れるまでの五分ほど、里依ちゃんはずっとしょぼんと肩を落とし、わたしを気遣うセリフばかりを口にした。

なんか、今日はいつも以上に疲れたなあ。

ぐったりした気分でひとり歩いていると、右手にあるわたしの住むマンションの前で壁にもたれかかっている隆史の姿に気がついた。

……今日はほんまにもう勘弁してほしいんやけど。

うんざりした気持ちで隆史の前を通り過ぎようとすると、

「無視すんなや」

と声をかけられた。

「また待ち伏せしてんの？」

声のしたほうに顔を向けながら答えると、隆史は顔をしかめて目をそらす。そんな顔をするなら話しかけなければいいのに。

隆史はときどき、こうしてまわりにクラスメイトがいない場所で声をかけてくる。ちょうどこのマンションの入り口はあまり人が通らないし、小さなマンションなので同じ学校に通う子はいるけれど、同級生はいない。

「舞香がチクったん？」

「そんなわけないやん。そんなめんどくさいことせんし」

そう言うと、隆史は「せやんな」と答えた。

「舞香さ、学校でももうちょっとなんか反応したらどうなん？　今みたいに」

「その前に隆史が濱口と杉内をなんとかしたらどうなん？」

じろりと睨《にら》みつけると、隆史は言葉に詰まる。

隆史に話しかけられるのはいやだけれど、隆史がこの場所でしか話しかけてこないのは助かる。隆史の前では素の自分を出してしまうから。

こんなやりとりを里依ちゃんたちには知られたくない。陰ではこそこそ仲良くしてたんや、なんで隠してたん、うちらにウソついてたん、と言われるのは間違いない。

下手したらそこから男好きだとかなんだと噂《うわさ》されてしまいかねない。

　隆史とは、わたしがこのマンションに引っ越してきた小学生になる数ヶ月前に出会った。

『こんなところでなにしてんの?』『おれといっしょにあそぼうや』『なまえなんなん?』『おれはたかしってゆーねん』

　ひとりでいたわたしに、隆史が話しかけてきてくれた。

　それから小学校二年くらいまで、毎日のように隆史と遊んでいた。近くにある小さな空き地が、わたしたちの主な遊び場だった。ときにはお互いの家に行くこともあった。

　物心がついてからできた、初めての友だちだった。

　小学校に入学してから里依ちゃんと遊ぶようになったけれど、隆史と遊ぶほうがわたしは好きだった。

　隆史はちょっとお節介で、嘘をつくのが下手くそな正直者だった。そんな裏面のない隆史と一緒にいるのは気が楽だった。思ったように話せて、やりたいように振る舞えた。

　ほかの子に対して抱く不信感や警戒心を、隆史にだけは感じなかった。

誰よりも、なによりも、特別な存在だった。

——けれど、そう思っていたのはわたしだけだったらしい。

三年生になってから、隆史はわたしとあまり遊んでくれなくなり、学校ですれ違っても話しかけるどころか目も合わせてくれなくなった。ほかの男子にからかわれたりひやかされるのを避けるためだったのだろうと理解はできたけれど、当時はそれを悲しく思ったし、裏切られたような気持ちにもなったのを覚えている。

同じクラスにならなければ、隆史のことはいい思い出になっていただろう。友だちではなくても、隆史のことをきらいだとは思わなかったはずだ。

今では、顔も見たくないし話したくもない大きらいな相手でしかない。

「隆史はなにがしたいん?」

もういい加減にしてほしい。

「同じクラスになってから、濱口たちと一緒にわたしにちょっかい出してくるん、ほんまにやめてほしいんやけど」

「おれはなんもしてへんやろ」

「一緒におるんやから同罪やわ」

たしかに、隆史はゴミを投げつけてきたり、わたしを笑いものにしようとはしない。

けれど、あのふたりを止めようとはしない。『あんな奴どうでもいい』とか『興味ない』とかクールぶって去っていくだけだ。その言動に、濱口や杉内がケラケラ笑う。それは、一緒にちょっかいを出してくることと大差ない。

「自覚ないいん？」

黙ったままの隆史に言うと、隆史は悔しげに顔を歪《ゆが》めた。

「おれ、学校での舞香、好きちゃうねん」

なんやそれ。意味わからん。なんでわたしがそんなこと言われなあかんねん。

「わたしも隆史がきらいやから、一緒やな」

「学校での舞香、偽もんみたいや」

無視して帰ろう、と思った足がぴたりと止まった。冷たい風がぴゅうっとわたしと隆史を通り過ぎる。

「ほんまの舞香はもっと、今みたいにずけずけもの言うやん。けっこう怒りっぽいし、気い強いやん。やのになんでなんも言い返さんの？」

そんなことできるわけがない。

「濱口たち以外にもや。口ではやさしいこと言ってても、女子の本心が違うことくらい舞香もわかってんねやろ。へらへらしてんのらしくないいんちゃうん」

隆史にわかるはずがない。わたしの気持ちなんか。

里依ちゃんと美穂奈ちゃんが、わたしのことを、本当はちょっかいを出されてよろこんでいると、ぼーっとしているのも男子の気を引くためなんじゃないかと、そんなふうに考えていることは知っている。

ふたりとも、わたしのことが好きで友だちでいてくれるわけじゃない。

けれどそんなものは気にしなければいい。

里依ちゃんと遊んだことが今までに数回しかないことも、里依ちゃんが今年仲良くなったばかりの美穂奈ちゃんとほぼ毎日ふたりきりで遊んでいることも、そのときふたりがわたしの悪口を言っていることをべつの女子ににやにや笑いながら報告されることも。

知らないふりをしていればいいだけだ。

目と耳を塞《ふさ》いで、心を閉じればいい。

わたしの得意技だ。

「気い遣ってんの？」

「そんなんちゃうし」

一緒にいると、便利だからだ。それに、わたしにとって楽だからだ。

ふたりといれば、わたしはひとりにならずに済む。クラスにはあからさまにわたしを目の敵《かたき》にする女子もいるので、ひとりでいたらいやがらせをされる可能性がある。

友だちと呼べる子がいれば、ほかの女子からのやっかみは多少防げる。

そのために、わたしは里依ちゃんたちに対して、言葉を選んで接している。その結果、会話のテンポが遅れてしまい、ぼーっとしてどんくさい印象になっているようだけれど。敵意を向けられないならなんだっていい。むしろラッキーだ。

誰にも好かれていなくともかまわない。

そこにわたしの居場所があるならそれでいい。

そうでなくても、わたしはわたしらしく振る舞いたいとは、思っていない。

まあ、隆史に対してだけは別だけれど。

隆史を前にすると、どうしても幼いときに素の自分で接していたからか、言いたいことを考える前に口に出してしまう。

「偽もんの自分でおって、しんどないん？」

「べつに。ちっとも。なんなん？　わたしを怒らせたくて絡んでたん？　めっちゃ迷惑なんやけど」

隆史のお節介は今も変わらない。

しばらく隆史と立ち話をしていたからか、体が冷えてきた。さっさと家に帰ろう。そしてのんびりゆっくりすごそう。隆史としゃべっててても無意味だ。

「寒いし帰るわ。しょうもない理由でわたしに絡んでるんやったらもうやめてくれん？　あのふたりを止めてくれたらそっちのがわたしは助かるんやけど」

「無理」

即答すんなよ。なんでやねん。

どうやらわたしの返事に納得がいっていないらしく、隆史はむすっとしている。

「アホ」

もうええわ、と言ってそっぽを向き、持っていた鍵でマンションのエントランスを開けて中に入った。

ふたつ目の自動ドアをもう一度鍵で開けてから、郵便受けの前を通りすぎてエレベーターに向かう。ちょうど扉を開けて待っていたその中に乗り込み、八階のボタンを押した。そして、８０５号の部屋の前で三度目の鍵を開ける。

「あ、おかえりー」

ドアを開けると、中から大きな声が聞こえてきた。そのすぐ後に、リビングに続くドアから、猫のミドリを抱きかかえたお母さんが顔を出す。

「ただいま。仕事部屋におると思った」

「今ちょうどキリがよかったから休憩してたとこ。サボってたわけちゃうで」

あまり大きくない目を細めてお母さんがはにかむ。サボっていたときの顔だ。

お母さんは、デザイン会社で働くデザイナーだ。といっても午前中だけ出社して、午後は在宅で仕事をしている。どうしても会社で作業をしなければいけないときは夜まで家に帰ってこないときもあるけれど、五年前から、わたしが帰ってきたときに家にいられるよう、会社に相談したらしい。

お母さんの胸の中にいるミドリにも「ただいま」と言って撫でてあげると、気持ちよさそうに目を細めて喉を鳴らしはじめた。

「今日はどんな一日やった？」

「んー、ふつー。あ、里依ちゃんとお弁当のおかず交換した」

「ウソやん。失敗してないやつあげてくれた？」

大丈夫やって、と返事をしながら、そんなことしてないし、と心の中でつけ加える。

お母さんはキッチンに戻り、ミドリを床に下ろした。そして、わたしのためにココアの準備をしてくれる。お湯を注ぐものではなく、牛乳を鍋で温めて作るもの。

「ココア作ってるあいだに、手洗いうがいして、ママに手を合わし」

「はあい」

お母さんに言われてすぐに自分の部屋にランドセルを置きにいき、洗面所で手洗いうがいを済ませる。

そして、リビングのとなりにある和室に入った。

奥の、わたしの胸元くらいまでの高さのタンスの前に立つ。その上には小さな仏壇があり、真ん中にはこちらを見て笑っている女の人の写真が飾られている。大きな瞳に、長いまつげ。ちょっと化粧が濃いめの、すごく華やかな人だ。胸元まであるミルクティーみたいな色の長い髪の毛は、写真でもつややかできれいに見える。

わたしと似ているな、と自分で思う。

これが、わたしの本当の母親――ママだ。

今一緒に暮らしているお母さんとわたしには、血のつながりがない。

ママが亡くなったのは、今から五年前の十二月だ。車で事故を起こして、亡くなった、らしい。わたしはまだ六歳だった。小学校に通う前のことで、当時のことはおぼろげにしか覚えていない。お母さん、そしてすでにお母さんと結婚していたお父さんに引き取られた経緯も理解していない。気がつけば、わたしはお母さんとお父さんと、この家に住んでいた、って感じだ。

お母さんは、ママの幼なじみだったと教えてくれた。家が近く、同い年だったこともあり、姉妹のようにいつも一緒にいたくらい親しかったらしい。そして、ママは家族と仲がよくなかったとかで、わたしを引き取ることを決めてくれたのだと言った。

写真の中のママは、満面の笑みをわたしに向けている。

それから目をそらして、手を合わせた。

ただ、合わせるだけ。

ただいま、とも言わない。

そして、りんを鳴らすこともなくその場を離れた。

写真を見るたびに、どこかからミントの匂いが香ってくるような気がする。ママと言えば、ミント、とわたしの中で紐《ひも》づけられている。なぜなのかはよくわからない。

逃げるように和室を出ると、リビングの収納扉の前でミドリがわたしを待っていた。おやつを待っているらしい。

「ミドリにおやつあげてもいい？」

「さっきあげたところやから、少しだけにしてな」

うん、と返事をして、ささみのドライフードを取り出し、少しだけ餌皿にいれてあげた。それにがっつくミドリを見下ろしながら、おいしいものを食べられてよかったな、と呟《つぶや》く。

お腹《なか》が空《す》いているのは、つらい。だから、ミドリにねだられるとどうしても無視できない。ミドリが本当に空腹なわけじゃないことはわかっているのだけれど。

「はい、できたで」

キッチンから、お母さんがマグカップをふたつ手にして出てくる。ひとつを受け取り、お母さんと一緒にソファに座る。ココアに口をつけると、あたたかくてやさしい甘さが口の中に広がり、なんだかほっとする。

ふと、となりのお母さんを見ると、肩あたりの髪の毛先がパサパサになっていた。よく見ると、ぱっと見は明るめの茶色だけれど、生え際は黒色だ。つややかさもない。

お母さんは、いつも、なんというか、シンプルだ。化粧も控えめだし、休みの日はなにもしていないことも多い。服装もカジュアルで、担任の先生のようなヒールを履いているところはほとんど見たことがない。だいたいスニーカーかブーツだ。

ママとは、真逆だ。まったく、違う。

わたしの記憶の中のママはいつだってぴかぴかで、華やかで、きれいだった。いつも足元は高いヒールで、コツコツと床を鳴らして歩いていた。

顔立ちも、服装も、そして性格も、ママとお母さんには共通点がない。

なのに、どうしてふたりは仲がよかったのだろう。

なんでお母さんは、ママなんかと友だちだったのだろう。

いつもそんなことを考える。

でも、友だちでいてくれてよかった。お母さんがわたしのお母さんになってくれて、よかった。

「どしたん?」

傷んでいるお母さんの髪の毛をぼーっと見ていると、お母さんはわたしを見て首をかしげた。なんでもないよ、と答えると同時に、お母さんのスマホが着信を知らせる。

どうやら仕事の電話だったらしく、お母さんは仕事部屋に戻った。

わたしは宿題を取ってきて、リビングのローテーブルの上に広げる。お父さんが帰ってくるまで、勉強をしたり、ミドリと遊んだり、ちょっとうとうとしたりしながら過ごすのがいつもの流れだ。


八時頃になると、そばでミドリが晩ご飯の催促ににゃあにゃあと鳴きはじめた。こんな時間までお母さんが仕事部屋から出てこないということは、仕事が忙しいのかもしれない。

ちょっと待ってな、とミドリに言って立ち上がると「ただーいまー」とお父さんの声が聞こえてきた。

「お帰り、お父さん」

「おお、ただいま舞香」

玄関に向かい声をかけると、お父さんはへにゃっとうれしそうに笑った。一緒に暮らしはじめたときからお父さんはいつもにこにこしていて、その笑顔を見るといつも胸の中がこそばゆくなる。

「あ、おかえり遊《ゆう》」

仕事部屋からお母さんがひょっこりと顔を出すと、お父さんは「ただいま、かおり」とわたしに向けるものとはまた違った、やさしくて幸せそうな笑みを向ける。このやりとりを見ると、お父さんはお母さんにベタ惚《ぼ》れやな、と思う。

「今日の晩ご飯なにー?」

お母さんが、お父さんの下げているエコバッグを覗《のぞ》き込む。

「今日はポークソテーや。ちなみに明日は中華」

「ええやん。やる気出たからさっさと仕事終わらせるわ」

わたしの家は、お父さんとお母さんが二日交替で家事をやっている。日曜日は三人で、というのがルールだ。お母さんの出汁《だし》のきいた主に和食のご飯も好きだけれど、お父さんのがっつり濃い味の肉メインのご飯もわたしは好きだ。お父さんはいつも作りすぎてしまうので、たまに朝ご飯にまで晩ご飯の残りが出てくる。でも、わたしが特別に好きなおかずのときには、それとは関係なく、お弁当用に余分に作ってくれている。今日のポークソテーも、きっと明日のお弁当に詰めてくれるだろう。

お母さんは仕事を終わらせるために再び仕事部屋に戻り、お父さんは寝室で仕事着からジャージに着替えてきた。そしてキッチンで買ってきた食材を片付ける——前に、タバコをくわえ、換気扇の下へと移動する。

「お父さん、タバコ好きやな」

「うまいもん」

かわりにわたしが、お父さんが買ってきたものを冷蔵庫に入れたり、キッチンに並べたりする。換気扇が回る音と、ライターの火を点《つ》ける音、そしてお父さんがおいしそうに煙を吸い込む音が聞こえてくる。

「お母さんはくさいくさい言ってるけど」

「ええねん、辛いものが好きな人もおればきらない人もおるやろ」

そういう問題だろうか。

タバコなんて百害あって一利なし、と聞いたことがある。体に悪いのならやめてほしいし、わたしもそんなに好きな匂いではない。

でも、わたしが言ったところで、お父さんはタバコをやめることはないだろう。お母さんに何度言われても、お父さんはタバコをやめようとはしないから。普段はなんでもお母さんを最優先にするのに。

お父さんはタバコのにおいが落ち着くんだと言っている。それに対して、お母さんは「それが依存やで」といつも顔をしかめる。

お父さんの手元には、コンビニで売られているライターがあった。

ママも、タバコを吸っていた。なんだか高そうなシルバーのZIPPOと呼ばれるものを使っていたのを覚えている。カキン、と軽快な音が鳴っていた。葉っぱとか蔦《つた》とかの絵が描かれていて『すみにあたしの名前が入ってんねん』『大切なもんやからこれは絶対触ったらあかんで』と言われていた。

それとはべつに、お父さんと同じような安いライターもあった。それを使うのはいつも、イライラしているときだったような気がする。

火は、ママみたいだと思う。

シュッと一瞬で赤く燃えて、ゆらゆら揺れて、そしてタバコに火を点けて、消える。いろんなものに飛び火して、勝手に消えていく。

それが、わたしはずっと、怖かった。今は前よりも、怖い。

「さ、飯の準備を始めるか」

タバコを灰皿に押しつけて、お父さんが言った。同じタイミングで、仕事を終えたらしいお母さんがリビングにやってくる。

「お父さん、わたしも手伝っていい?」

「当たり前やん」

ミドリのご飯を用意してからお父さんに訊くと、わしゃわしゃと頭を撫でられた。

そして「舞香は本当にいい娘やな」と言ってくれた。その様子を、お母さんが幸せそうに朗らかな笑みを浮かべて見ている。

ふたりが幸せそうにしてくれると、ほっとする。

自分の居場所はここなのだと、そう思える。

ご飯はすでにお母さんが炊飯器をセットしていたので、わたしはサラダの準備をする。お父さんは、買ってきた豚肉をハチミツとマスタード、その他調味料を混ぜた袋に入れてつけ込んでいるあいだに、お味噌汁《みそしる》の準備をする。副菜は作り置きされていたサツマイモのレモン煮を選ぶ。

「なんかまとまりないけどええの？」

「おいしかったらなんでもええねん、大丈夫や」

たしかに。

お父さんが豚肉を焼くいい香りがリビングに広がる。

おいしそうな匂いがすると、幸せやなって、しみじみ思う。

ダイニングテーブルに三人のご飯を並べて、「いただきます」と口にしてから食事をはじめた。

晩ご飯の時間は、いつも今日一日の報告会だ。

わたしはいつも、里依ちゃんと美穂奈ちゃんの話をする。本当のことと、そうでないことを織り交ぜて、ときどきだけれど、隆史の名前も出す。以前は家を行き来していたので、お父さんとお母さんに話が伝わりやすいし、安心してくれるからだ。たまに、ちらっと「今日男子にからかわれてん」と言ったりもする。

前にその話をしたとき、お父さんは『舞香がかわいいからかまってほしいんやろな』と言った。お母さんは『かわいいから、好きやからって、いじめてええわけちゃうねんけどな』と呆れたように言った。お母さんのセリフに、自慢げだったお父さんがしゅんと肩を落としたのを覚えている。

「あ、明日から私の仕事ちょっと忙しなるんやけど、舞香しばらく鍵っ子できる？」

今思い出したのか、はっとしたように目を見開きお母さんが言った。

「そうなん。家におらんの？　わたしは大丈夫やけど」

「会社に行かんなちょっとできへんのよな」

「俺は定時で上がれるから、それまで大丈夫か、舞香」

「さゆり呼んでもええけど。もしくはさゆりの家に行く？」

ふたりは本当に心配そうに眉を上げる。

「気にしやんでええよ、大丈夫やって」

お母さんの妹でもあるさゆり叔母さんのことは好きだけれど、数時間の留守番くらいできる。四年生になった頃から、何度か経験もしている。なのにお父さんとお母さんはいつも不安そうだ。今はもう、大丈夫なのに。お父さんとお母さんのおかげで。

わたしが留守番するとき、お腹が空かないように、喉が渇かないようにと、お母さんは戸棚と冷蔵庫にお菓子やジュースや水出し紅茶を準備してくれるので快適でもある。それに、ミドリがいてくれる。ひとりじゃない。

もう、わたしは大丈夫だ。

もう、空腹に耐えるために寝転んで、ただただ時間が過ぎるのを待つことはない。

「舞香がそう言うならいいけど……できるだけ早く帰ってくるから」

「うん、ありがと」

ご飯を食べ終わると、順番にお風呂に入る。

一番はいつもわたしだ。だから、お風呂の準備はわたしが担当している。そんなんせんでええよ、とお母さんは言うけれど、お風呂を軽く掃除してお湯を張るだけだ。

お風呂に入ってからは、寝るまでずっとリビングで過ごす。そして、九時から十時のあいだにベッドに入る。お母さんが、そろそろ寝なあかんよ、と言うのがいつもこのくらいだから。

夜更かしに興味がないわけでもないけれど、お母さんに反抗するほどしたいわけでもない。それに、お父さんとお母さんが寝る前に部屋に入りたい。

ドアを開けていると、部屋の中が真っ暗でひとりでも、リビングからの光とお母さんたちの声がかすかに届く。

家の中に誰かがいる、生活音が聞こえる時間に眠りたい。

ベッドの中でうとうとしはじめると――ハッとした。

そういえば今度ある授業参観のプリントをお母さんに渡すのを忘れていた。

体を起こして立ち上がろうとする、けれど思いとどまる。

お母さん、明日から仕事が忙しなるんやったっけ。

授業参観日まで忙しいかはわからないけれど、今プリントを渡すと、無理をしてでも来ようとしてくれるだろう。

今までの授業参観に、お母さん、もしくはお父さんは必ず出席してくれた。ときには会社を休んでまで。そこまでしなくてもいい。これからだって授業参観はある。

『たまにはお父さんたちにわがまま言ってもええんやで』

お父さんはよく、わたしにそう言う。

『私がおかしいこと言ってると思ったら、なんでも言ってや』

お母さんは言いつけを守るたびに、不安そうにそう言った。

なにもないのに。ふたりともわたしに気を遣いすぎだ。けれど、わたしも同じくらいふたりに気を遣っているとも、思う。

でも、べつにそれでいい。それがいい。

再び目をつむると、ママの手が脳裏に浮かんだ。

細くて長い、きれいな指だった。爪にはいつも薄いピンクのネイルが塗られていた。

その手はいつも、飛んで来たのかと思うほどの勢いでわたしに振り下ろされた。

だから。

炎を抱いていた。

あの日のわたしは、あの頃のわたしは、いつも胸の中に暴れるように激しく揺れる

あの手を握り返すことはできなかった。

――『ほら、行くで、舞香』

授業参観日は、クラスの雰囲気がいつもとちょっとかわる。

何度も行われているけれど、やっぱりみんな親が来るとなると緊張するようで、この日だけは濱口も杉内も、朝からわたしにあまり絡んでこなかった。

ただそれも、授業が終わるまでだ。

放課後になると、ほっとしたからか教室の中はいつも以上に騒がしくなる。

「なあなあ、舞香ちゃんのお母さん、今日は来んかってんな」

美穂奈ちゃんが近づいてきてわたしに言う。その表情はどこか、わたしを哀れんでいるような、そんな不思議なものだった。

「あー、うん。なんか、今、忙しいみたい」

「そうなん？　それなら、ええんやけど」

「っていうか、授業参観とかなくしてもらったほうがよくない？」

となりにいた里依ちゃんが、声を潜めて言う。

なんの話をしているのかわからず首をかしげると、

「うちらから先生に言おか？　舞香ちゃん言いにくいやろ」

と、里依ちゃんが言葉をつけ足した。

そこでやっと、ふたりがなにを言いたいのか理解する。

わたしのママが死んでいること、そして、今、一緒に暮らしているお母さんたちと血がつながっていないことに気を遣われているのだ。

「いや、それは、べつに」

戸惑いながら答えると、それが無理をしているように映ってしまったらしい。ふたりがますます眉を下げる。

まるで、わたしに同情するみたいに。

わたしの家庭事情は、わたしから話さなくてもみんな知っている。そのくらいわたしにもわかっていた。どこから、いつから広まっているのかは、さすがにわからないけれど。

そもそも、授業参観にお母さんが来たら、誰だってなんとなくおかしいな、と思うだろう。

そのくらい、わたしとお母さんは似ていない。

だからわたしも、べつに隠そうとは思っていない。何度か『似てへんな』と直接言われたことがあり、そのたびに正直に答えてきた。わたしにとっては当たり前のことだからだ。

里依ちゃんに気を遣われることも、以前からちょくちょくあった。親の話をしたときに一瞬気まずそうな顔をしたり、わたしがお母さんたちのことを口にするとすぐに話をそらされたり。

でも。

「どうしたん、里依ちゃん。今までそんなこと一度も言ったことないやん」

もう五年生だというのに。何度も授業参観はあったのに。

わたしが首をかしげると、里依ちゃんは「だって」と目をそらす。

「今までは来てたやん」

「今日、来てないだけやん」

わたしにしては珍しく強い口調になったからか、里依ちゃんと美穂奈ちゃんが目を合わせて黙る。

なんなん、気持ち悪いな。イライラする。

感情がゆらゆらと揺れはじめる。

指先がそわそわと動きはじめる。

こんなとき、ママはいつもタバコをくわえて火を点けていた。舌打ち混じりに、貧乏揺すりをしながら。

落ち着け、落ち着け。

自分に言い聞かせる。

「正直に言えばええやん。虐待されてんちゃうかって」

突如会話にまざってきたのは、濱口の大きな、そして楽しげな声だった。

教室のざわめきが一掃されて、しんと静まりかえる。

「は？」

思わず眉間にシワを寄せて、濱口を睨んでしまう。

今まで見せたことのないわたしの表情に、濱口が不機嫌な顔になった。

「ちょっと濱口！　余計なこと言わんといてよ！」

「なんでやねん、お前らが言ってたんやんけ。時田のおらんところでいっつも話のネタにしてたやん」

「そんなんしてへんし」

「言ってたよな、隆史！　時田はほんまの子どもじゃないからなにをされてるかわからんって、血がつながってないから絶対なんかあるって、だからかわいそうやって」

焦って否定する里依ちゃんたちに、濱口は大きな声で叫ぶ。

名前を呼ばれた隆史に視線を向けると、隆史はわたしをちらっと見てから「言っとった」と短く答えた。

里依ちゃんたちが陰でわたしのことをそう言っていたから、隆史はわたしに気を遣うなと、言い返せと言っていたのか。

アホか。

ぼっと、ライターの火が点いたような音が、頭の中に響いた。小さな火が大きくなって激しく左右に揺れている。勢いを増して、体の中からあふれそうになる。

――『あんたはほんま癇癪持ちやな』

ママがいつも言っていた。理由は覚えていないけれど、そのときのわたしはいつも大声で泣いていた。たまになにかを摑《つか》んで、投げたりもしていたような気もしないでもない。

けれど。

心を落ち着かせなければならない。

でなければ、なりたくない自分になってしまう。

「時田の本当のかーちゃんって、アル中やったんやろ。おれんちのかーちゃんととーちゃんが話してんのオレ聞いたことあんねんけど」

濱口がそう言うと「マジで？　それで死んだん？」「飲酒運転なんやって」と男子

が口々に話しはじめる。なんでそんなことまで知っているのか。そんな情報、どこで仕入れてくるのか。

耳を塞げばいい。心を氷漬けにすればいい。

このくらいのことは、どうってことない。

空腹よりも、痛みよりも、孤独よりも、ずっとマシだ。

けれど、ずっと黙っているわけにはいかない。否定しなければ。

鼻から息を吸い込んで、ゆっくりと口から吐きだす。そしてそばにいる里依ちゃんと美穂奈ちゃんを見つめた。

「わたしは、虐待なんかされてへんよ」

だから。

「大きなお世話やねん」

そう言うと、濱口がぶはっと噴き出した。その瞬間、ふたりは顔を真っ赤にする。

それは羞恥《しゅうち》なのか、怒りなのか。どちらなのかわたしには判別ができなかった。

「だ、だって、うちのお母さんが言ってたんやもん！　もしものときは里依が気づかなあかんねんでって、大人にはわからんこともあるから、だからって！」

まあ、そういうこともあるんだろうけれど。

もしも、とか言いながら決めつけて接するのはやめてほしい。わたしのいないところで言い回らないでほしい。たまたま今日、授業参観に来なかっただけで、なんで過剰に心配されなきゃならないのか。

「美穂奈のママも言ってたで。子どもは痛みを伴って産んだから大事なんやって。赤ちゃんのときから世話をしているから大事に思うんやって」

「な、言ってたよな。だから、最近の虐待のニュースはいっつも、血のつながらん親のせいやって。だから、舞香ちゃんにやさしくしなあかんって」

なんだそれは。

「舞香ちゃんは、かわいそうやから」

かわいそう、という言葉が、ずしりと肩に落ちてきて、体が重くなる。

なんやねん、それ。

勝手にそんなもんを背負わせないでほしい。

「だから――」

「それが大きなお世話やって言ってるねん！」

もううんざりだ。

立ち上がり話を遮《さえぎ》って声を荒らげると、ふたりは目を丸くした。そして、眉を下げて、まるで自分たちがかわいそうかのように傷ついた顔をする。

「なんでそんなひどいこと言うん。今までずっと仲良くしてあげたのに」

仲良く〝してあげた〟ってなんや。

美穂奈ちゃんは、ずっとそんな気持ちでわたしのそばにいたのか。濱口たちと会話するためだけに利用されていたなら、笑ってやり過ごせていたのに。

「だったらもう仲良くしてくれんくてええよ」

もうなにもかもが面倒くさい。なんでわたしは里依ちゃんたちと一緒にいなきゃいけないと思っていたのかもわからなくなってくる。

お父さんとお母さんがわたしに虐待しているかも、と思うような子と一緒にいるくらいなら、ひとりでいたほうがマシだ。

それで女子からいじめられるほうがずっとずっとマシだ。

「なんなん、どうしたん。舞香ちゃん今までと別人やん。それが本性なん？」

「もうええやん、美穂奈。舞香ちゃんはずっと、うちらのことそんなふうに内心ではバカにしてたってことやろ。そんな子、友だちちゃうわ」

里依ちゃんがなぜか美穂奈ちゃんを庇《かば》うように一歩前に出た。

なんで今の会話でバカにしていたことになるのかさっぱりわからない。

バカにしていたのはそっちじゃないか。

「話合わんなって思ってたし、ちょうどええわ」

そう言って里依ちゃんは美穂奈ちゃんの手を取って自分の席に向かって行く。

まわりの女子がひそひそとなにかをしゃべっていた。笑ってはいないのに、どこか楽しげに見える。きっといい気味だと思われているのだろう。今まで里依ちゃんたち以外とはろくに会話をしていなかったし、こんなふうにみんなの前で堂々と絶縁宣言をされたことを考えると、これからはぼっち確定だ。

この場合、わたしが絶縁宣言したことになるんかもしらんな。

まあどっちでもいいか。

はあっとため息をついて項垂《うなだ》れると、そばに誰かが近づいてくる気配がして顔を上げた。そこにはにやにやとわたしをバカにしたように笑っている濱口たちが立っている。隆史は笑っていなかったけれど、じっとわたしを見つめていた。

「おれらが一緒に帰ったろか？」と濱口が言う。

「ぼっちはさびしいやろ」と杉内も。

面倒くさそうに顔をしかめると、隆史が口を開く。

「よかったやん」

なにがや。どこがだ。

「無理してまで一緒におる必要ないやろ。さっきみたいに怒ればええねん」

誰が無理をしていると言ったのか。隆史にそんなことを伝えたことは一度もない。

返事をしないことを隆史はどう受け取ったのか、わたしに向かって一歩踏みだす。

「家でも外でも気い遣ってたらしんどいやん」

ぞくりと、全身が粟立《あわだ》つ。

「おれと一緒におったら、無理せんでええやろ」

ぱんっとなにかが弾ける音が聞こえた気がした。そして、考えるよりも先に、体が反応した。

気がついたら、目の前にいた隆史がバランスを崩してそばにあった机に倒れ込む。イスと机が激しい音を出して崩れた。

隆史は倒れるまでのあいだ、瞬《まばた》きをすることなくわたしを凝視していた。

わたしの右手が拳を握っていて、それで隆史の肩を突き飛ばすように殴ったのだと理解する。

無意識に、人に手を出した。

いやだ。なんで。でも、もう抑えきれない。

怒りなのか悔しさなのか、悲しさなのかむなしさなのか、わからない涙がこぼれそうになる。

もういやや。なんでこんなことになるん。なんでこんなことをさせるん。

歯を食いしばり、涙をこらえながら床にいる隆史を見下ろした。

「お、前！　なにしてんねん！」

「触んな！」

濱口に腕を摑まれ、それを大声とともに振り払う。

「うざいねん！　わたしに話しかけんな！」

「な、なんやそれ！　オレだってお前なんかと話したないわ！」

「だったらちょっかい出してくんなや！　なんなんあんた、そんなにわたしのことが好きなん？　そんなにわたしにかまってほしいん？」

今度は濱口がわたしを突き飛ばした。それほど強い力ではなかったので隆史のように倒れることはなかったけれど、手を出されたことに思考回路が怒りに支配されて、なにも考えられなくなる。

「図星なんやん。ダッサ」

勝手に口が動く。

濱口が猿みたいに顔を真っ赤にしてわなわなと震えだした。

「そん、そんなわけないやろ！　なんでお前なんか！」

「あ、ちょ、ハマ！」

隆史の言葉を無視して濱口がわたしに襲いかかる。

机が何台も倒れて、中身が床に広がる。

女子の悲鳴が教室に響き渡った。

濱口の髪の毛を摑むと、同じようにわたしの髪の毛も引っ張られた。突き飛ばすと突き飛ばされ、そばにあったカバンを投げれば、別のカバンが投げつけられる。

むかつく、むかつく、むかつく。

なにもかもが、むかつく。

「やめなさい！　なにしてるの！」

誰かが呼んだのか、それとも終わりの会がはじまるから教室にやってきただけなのか、先生があいだに割り込んできた。隆史と杉内が濱口を押さえつけていて、わたしの肩を先生が摑んでいる。

「なにがあったの！　女の子に手を上げるなんて！」

「こいつが！　先に手え出してきたんや！　隆史を突き飛ばしてん！」

「あんたらがいちいちいちいちうっとうしいからやろ！」

濱口に負けないほどの大声を出すと、先生は「時田さん……？」と戸惑ったようにわたしの顔を覗き込んできた。

どうしたの、なにがあったの。

先生の目がわたしに問いかけてくる。

いつもの、わたしを気遣い哀れむ目だ。なにかあればなんでも言ってねと、なにかあるのだろうと決めつけるような、自己満足のやさしさに満たされている目。

「――もう、そんな目で見んといて！」

体をよじり、先生の手から離れる。

なんでみんな勝手に〝今〟のわたしをそんなふうに見るのか。

里依ちゃんも美穂奈ちゃんも、隆史も、先生も。ほかのみんなもずっとわたしをかわいそうだと、そう思っていたのか。

「わたしは〝かわいそう〟ちゃう！」

濱口たちになにも言わないのも、反抗しないのも、反発しないのも、怒らないのも泣かないのも、わたしがかわいそうな家庭環境だから自己主張ができないのだとでも思っていたのか。常に気を遣ってしんどい日々を過ごしていると想像しているのか。

――面倒だからだ。

わたしの〝今〟の幸せに、邪魔だからだ。

「なんも知らんくせに！」

掌に爪が食い込むほど、かたく、強く、拳を握りしめる。

涙で滲む視界の先に、隆史がまっすぐにわたしを見ていた。

「なんでわたしがかわいそうやねん！　みんながわたしをかわいそうにしたいだけやんか！　わたしをかわいそうにしてるんは、まわりや！」

「ど、どうしたの時田さん、お、落ち着いて」

「勝手にわたしを〝かわいそう〟にしやんで！」

なにも知らないくせに。

勝手に人の物語を、人生を思い描き、勝手に幸不幸を自分の想像で結論づけて、それを押しつける。

お母さんとお父さんと、一緒に暮らすまでの日々を知らないくせに。

ママとの生活の苦痛を、知らないくせに。

「むかつく……！」

そのせいで、今まで必死に隠してきた激しい感情の扉が開放されてしまった。

ずっとずっと、隠していたかった。

こんな自分を見たくなかった。

ママに似ている自分なんか――。

わたしのママは、きれいな人だった。

化粧をしている姿しかわたしの記憶にはないけれど、なにもしなくても華やかな顔立ちだったと思う。

ママは二十一歳のときにわたしを産んだらしい。けれど、四歳になるまでわたしを育ててくれたのは、ママの祖父母だった。しわしわのあたたかい手を、わたしはおぼろげに覚えている。

おそらく、あの頃のわたしはまだ、幸せだったのだろう。祖父母がそばにいたときの記憶に、ママの姿はなにもないから。

そして気がつけば、わたしはママとふたりで暮らしていた。当時はよくわかっていなかったけれど、おそらく祖父母が亡くなったのだと思う。

小さな部屋だった。いつもミントの匂いが充満していて、息苦しかった。外に出ていきたかった。けれど、ママはいつも家におらず、その部屋の中でわたしはひとり泣いて過ごしていた。

ママと一緒にいた時間よりも、ひとりきりだった時間のほうがたぶん、ずっと多かったと思う。ママはいつも、昼間のちょっとした時間か、空が真っ暗になってからしか家にいなかった。ときどき知らない男の人がとなりにいて、わたしを見て笑っていたような気もする。

自分の本当のパパのことや、ママがどんな仕事をしていたのかは知らない。

覚えているのは。

忘れられないのは。

ママから与えられた痛みと飢えだけだ。

お腹が空いても食べるものがなく、飲み物すらない状態でずっとママの帰りを待っていた。ぐうぐうと鳴るお腹を抱きしめながら、夏には汗をだらだらと流しながら床に寝そべっていたこともあるし、冬には毛布をかぶって凍えていたこともある。だからか、ママが帰ってきたらいつもわんわんと泣いた。けれど、ママはいつもしばらくそんなわたしを面倒くさそうな顔で見るだけだった。そして、苛立《いらだ》ちを落ち着かせるようにタバコに火を点けた。わたしはより一層大きな声で泣いて、ときにはものを投げてアピールした。

わたしを見て、わたしに気づいて。

はじめは、そんなわたしに舌打ちをしていくつかのパンと飲み物を投げ渡してきた記憶がある。けれど、食べたいものじゃないと泣き叫んだときもあった。昔食べたようなあたたかいおにぎりが食べたいとか、カレーがいいとか。

――『あんたはほんま癇癪持ちやな』

あの頃は意味がよくわからなかった。

かんしゃくって、なんだろうかと不思議に思っていた。

わからなかったけど、泣けばママはなにかしらをくれた。だからわたしはいつもいつもママの前で精一杯泣いて自分の主張を伝えようとした。

いつしか、パンのかわりにママの平手が飛んでくるようになった。目を吊《つ》り上げて、何度も何度も、わたしの頭を、頬を、手足を叩いた。わたしと同じようになにかを叫びながら。

なにを言っていたのかは、うまく聞き取れなかった。うずくまってわんわんとなお一層泣き続けていたから。もしくは、ごめんなさいごめんなさいと、六文字の言葉を繰り返し口にしていたから。

『なんでそんなにわがままなんよ』『そんなにあたしをいらつかせて楽しいん？』『これ以上頑張れって言うん？』『あんたはなんもせんくせに』『あんたなんかあたしがおらんかったら生きてけんのやから』『うるさいから泣かんでよ』『うるさいうるさいうるさいうるさいうるさい！』

記憶に残る言葉をつなぎ合わせると、そんなセリフだったのではないかと思う。

わたしにとって、ママは恐怖の対象になった。

叩《たた》かれることが怖かった。それ以上に、ママのすべてが、怖かった。

『ごめんな、舞香』

感情がおさまると、ママは必ずそう言ってわたしを抱きしめた。

『ごめんな、痛かったやろ、ごめんな』『ママは舞香のことがきらいなわけちゃうねんで』『大好きやから、怒ってまうだけ』『ごめんな舞香』『大好きやで、愛してるで』『かわいい舞香』『あたしの舞香』『だから、いい子にして』

その感情の起伏が、怖かった。

別人格になってしまったかのようなその変化に、戸惑うしかできなかった。いったいなにがママをあれほど怒らせたのか、そして、これほどやさしくさせたのかが、わからない。わからないから、おびえていた。

ママは、ライターの火と、そっくりだなと思った。

わたしが泣いてもまったく怒らず、わたしをいないものとして目も合わさず無視し続けるときもある。かと思えばなにもしていないのにシュッと突然火が点いたように怒る。そしてゆらゆらと激しく揺れて、ふっと怒りを消す。

点いて、消える。

消えてたのに、点く。

点くと思ったのに、なんの反応もない。

ひとりはさびしい。けれど、ママと一緒にいるとどうしたらいいのかわからないから、いやだった。怖かった。いつからか、わたしは泣くことも叫ぶこともしなくなっていた。叩かれても、痛みを感じないように心を殺して過ごしていた。

ただ、ママがライターで火を点けるたびに、あの火が全部を呑み込んでくれたらいいのに、とばかり考えていた。

わたしも、ママも。

全部、なくなっちゃえばいい。全部消えちゃえばいい。そしたらこの恐怖から解放されるんじゃないかと、わたしは思っていた。

電気を点けることも、テレビを点けることも禁止された真っ暗な部屋の中で、わたしはいつもママの火を思い出していた。

――ママが帰ってこないことを願いながら。

あのときのわたしは、間違いなく怒りの火を胸に宿していた。幼心に、わたしは恐怖と同じくらい怒りを感じていた。祖父母がいなくなったのもママのせいだと、そう思っていたのかもしれない。

感情を爆発させる直前のママもこんな気持ちだったのかもしれない。

――『あんたはほんま癇癪持ちやな』

ママがいなくなったかわりに、このセリフがずっとわたしの中に残されている。

「じゃあ、もうこんなことしないようにね」

先生はそう言って、教室のドアをぴしゃりと閉めて出ていった。

中にいるのは、わたしと隆史と、濱口と杉内の四人だ。

先生がやってきてから、わたしたちは教室に残らされた。はじめは里依ちゃんと美穂奈ちゃんもいたけれど、ふたりはそうそうに帰宅を許され、わたしたちだけがその後も先生に注意を受けたのだ。

里依ちゃんたちだけではなく、ほかの男子や女子からもなにがあったのかを聞いた先生は、それでも「手を出してはだめだ」「人をバカにするようなことを言っちゃいけない」「みんな仲良くしなさい」と、今までとなんらかわらないきれいごとを口にした。

ただひとつ、わたしを心配するようなことを言わなかったのだけは助かった。わたしの最後の叫びは、とりあえずは届いたらしい。どう受け取ったのかはわからないが、そんなのはどうでもいい。

最終的に、四人は全員が全員に謝ることを強要されて終わった。

悪かったとは微塵も思っていないけれど。おそらくわたしだけではなく全員同じ気持ちだろう。

誰の顔も見ずに、そそくさとコートを羽織りランドセルを摑んで教室を出る。

一刻もはやく家に帰りたい。

でも、先生はわたしたちと話をする前にそれぞれの家に電話で事情を説明したと言っていた。今日のことを知ったお父さんとお母さんがどういう反応をするのかを考えると気が重くなる。

帰りたいのに、帰るのがいやだ。

足がすくむ。

でも、それでも、わたしの帰る場所はあの家しかない。

「舞香」

靴箱の手前で、背後から隆史に名前を呼ばれ顔をしかめながら振り返った。

まだ話しかけてくるとは思わなかった。しつこすぎて感心する。

「なんなん」

隆史がゆっくりとわたしに近づいてくる。苦痛に顔を歪めていて、なんで隆史がそんな顔すんねん、と文句を言いたくなる。と、

「ごめん。ずっと、ごめん」

隆史が頭を深々と下げた。

「濱口らを、止めんくて、ごめん。舞香の言うように、おれも同罪やった。舞香が怒ればいいと思って、舞香を助けようと思って、なんもせんかった」

つむじを見せたまま、隆史が言葉を続ける。

「ごめん」

黙っていると、なおも隆史は謝る。わたしが「もういいよ」と言うまで謝り続けるつもりだろうか。隆史ならやりかねないような気もする。

でも、言葉が喉を通らない。

「ずっと、舞香は無理してるんやと思ってたんや」

ゆるりと隆史が顔を上げる。

「一緒に遊んでたときの舞香と、今の舞香が違うから。学校だけじゃなくて、おばさんたちと一緒におるときも、その、家族じゃないから気い遣ってんちゃうかって」

「……めっちゃ大きなお世話やな」

ははは、と侮蔑を込めた乾いた笑いがこみ上げる。

「ごめん。で、でも――」

「わたしが気を遣ってるかどうか、なんで隆史にわかるん？　仮に気い遣ってたとして、それが無理してるとかしんどいとか、なんで決めつけるん」

隆史が自分のことを想って言ってくれているのはわかる。けれど、的外れもいいところだ。

ああ、でも。

「気い遣ってるのは、あってるけどな」

そんなの当たり前のことだ。突然、幼なじみの子どもだとはいえ、赤の他人を育てようとわたしを家に迎えてくれたのだから、そこにあぐらをかけるわけがない。

「わたし、気い遣いたいねん。そのくらい、お父さんとお母さんが、今の生活が大事やねん」

　この気持ちだけはなくならない。

　だからこそ。

「気い遣わん自分には、なりたくないねん」

　今の日々を守るために。

　隆史にはたしか、二歳年上のお兄さんと、三歳年下の妹がいる。隆史のおばさんはとても明るくて、おじさんは気さくで面白い人だった。

　幸せな家庭なんだなと思った。それまでのわたしにはひとりぼっちの家しか記憶になかった。お父さんとお母さんと暮らすようになってから、いつも誰かが家にいることに驚いたけれど、隆史の家はそれ以上に、人で、家族で、満ちていた。笑い声がいつも響いていて、冗談と同じくらい文句も飛び交う家。それは、気を遣わずに、ありのままの自分でいられるだろう。隆史にとって、家族とはそういうものなのだろう。

「隆史には、たぶん、わからんやろな」

　気がついたら、口から言葉がこぼれ落ちる。

　自分でそれをすくい上げて、「でも」と続けた。隆史はどうしたらいいのかわからないらしく、情けない表情でわたしを見つめている。

「それでええと思う。わからんままで」

言葉にすると冷たいけれど、けっして、悪い意味で言っているわけじゃない。わたしも、隆史にわかってほしいと思っているわけじゃないから。

「これからは、めんどくさいちょっかい出さんでな」

できたら濱口たちにもそう言っといて、とつけ加えてから「じゃあ」と背を向けた。靴を履き替えて、昇降口を出る。そして気合いを入れて家に帰ろうと足を踏みだすと、校門の近くに立っているお母さんの姿に気がついた。

なんで、こんなところにいるん。

足が止まると、わたしを見つけたお母さんが校内に入ってきてわたしに近づいてくる。冷たい風が、わたしの体温をどんどん奪っていく。

寒い、怖い。

このまま家に帰れなくなったら、どうしよう。

わたしがかすかに震えていることに気づいたのか、目の前にやってきたお母さんはわたしの手を取った。そして、

「帰ろか」

と言ってわたしに笑った。触れる肌のぬくもりが、わたしの体全身を包み込んでくれたみたいに感じた。

「電話があったときはなにがあったんかと思った」

お母さんはわたしの手を握ったまま、のんびりと歩く。

どうやら先生からスマホに連絡があり、お母さんはすぐに学校まで来たらしい。午後から家にいたことも、わたしには想定外だ。

「あの……その」

先生は電話でどんな説明をしたのだろう。

お母さんに知られたくはなかった。どんな言いかたをしても、お母さんはショックを受けそうな気がする。それは、結局のところ自分自身が傷つくことになる。

「怪我《けが》とかしてへんの？」

「あ、うん、それは、大丈夫」

わたしの返事に、お母さんは「そっか」とだけ言った。

お母さんは今、なにを考えているのだろう。授業参観のことを伝えなかったうえに、学校で問題を起こしたわたしのことを、どう思っているのだろう。

ママと違って、今までお母さんはわたしに一度も怒ったことがない。それは、怒られるようなことをしていない、というのもある。けれど、不注意で怪我をしたりなにかを壊してしまったときでも、お母さんは一度も声を荒らげることはなかった。

でも、今はいっそのこと怒ってほしくなる。そうしてくれたら、お母さんの気持ちがすぐにわかるから。

「あの……」

とりあえずなにかを言わなくちゃ。

話をしなくちゃいけない。

声を振り絞ると、お母さんは「どしたん」とわたしを見て微笑んだ。

その瞬間、ぽろんと涙がこぼれた。安堵《あんど》で、涙腺が緩《ゆる》んでしまった。慌てて手の甲《こう》で拭うけれど、涙を止めることはできない。

「葛葉《くずは》——舞香のお母さんも、泣き虫やったわ」

ふふっと笑ってから、お母さんがわたしの頭に手をのせて呟いた。

「……わたし、ママに似てるん？」

「せやな。顔もやけど、性格も似てると思うで」

「いやや」

お母さんはなぜかうれしそうに口の端を引き上げている。けれど、そんなふうにわたしは思えない。思いたくない。

「わたし、ママみたいになりたくない」

わたしはたしかに癇癪持ちだった。

ママと一緒で。

だから、感情的になりたくなかった。怒りだけは人に見せたくなかった。でも、怒りを呑み込めば呑み込むほど、自分の性格が悪くなり、心の中で他人を傷つけることばかりを考えてしまう。そんな自分はやっぱりママと似ている気がして、いやでいやで仕方がなかった。

ママになんてなにひとつ似たくない。

「舞香は葛葉がきらいなん？」

「……わからん。でも、似てるのはいやや」

「まあ、せやろな。でも、私は舞香が葛葉に似てるんが、うれしいで」

なんでなのかと問いかけるように顔を上げると、お母さんは懐かしそうに目を細めてわたしを見下ろしていた。

「葛葉は昔からいっつも泣いたり怒ったり笑ったり、忙しそうにしてたてん。困ることもあったけど、私はそんな葛葉が、羨《うらや》ましくて好きやった」

「お母さんが？　ママを？　なんも羨ましいところなんてないで」

「せやな。舞香は、そんなふうに思う必要はないな。舞香の気持ちは舞香のもんやし、舞香が葛葉にされてきたことを思ったら、私もそれは許せんよ」

でもな、とお母さんは顔を上げて前を見据える。

「私の中の葛葉は、やっぱり出会った頃のかわいい葛葉やから、だから、そんな葛葉に似てる舞香も、私にはかわいいねん」

よくわからない。それに、お母さんの語るママは、わたしの記憶の中のママとは別人みたいに思う。だって、わたしは、ママが怖いことしか覚えていない。

「葛葉は昔から、誰かを上手に好きになることができんかったな。誰とつき合っても、そのたびに相手や自分を傷つけてた」

お母さんは眉を下げて、わたしに申し訳なさそうな笑みを向けた。

「でも、葛葉はちゃんと、舞香のことも好きやったと思う」

それは、困る。

思わず口にしかけて、呑み込んだ。

ママは、わたしをきらいでいてもらわないと、わたしが困る。

じゃないと――わたしだけがママを憎んでいたことになってしまうから。

ママの死に安堵した、非道な子どもになってしまうから。

あの日、ママは昼頃に一度出かけてから、夕方くらいに家に帰ってきた。いつもよりもイライラしているのがすぐにわかった。びくびくと縮こまるわたしを見て、ママはわたしの頭を叩いた。数え切れないくらい叩いてから、いつものようにタバコをくわえた。そして、さっきまで鬼のような顔をしていたのに、突然うれしそうに頬を緩ませる。

それは、すごく怖かった。

怖くて仕方がなかったから、ママがトイレに席を立ったときにライターを摑んだ。いつも使っている高そうなZIPPOではない、コンビニのライターだ。

使い方は、ママのやりかたで知っていた。何度か手にして試してみたこともある。けれど、小さな手ではなかなか火を点けることができなかった。もしかしたらこの横のレバーを押していたらそのうち点くんじゃないかと押し込んでいると、しゅーしゅーと空気が漏《も》れる音がした。おまけにちょっと変な匂いもした。

早くしないとママがトイレから戻ってきてしまう。

何回目かで、ぼっと大きな火が飛びだしてきた。

それを、わたしはテーブルの上にあった紙束に近づけた。

火は、燃えるから。いろんなものを、燃やすから。この家もきっと燃えるんじゃないかって。ママもわたしも。

そしたらもう、さびしくないし痛くないし、怖くない。

『なにしてんねん！』

どんっと体が押し倒された。

『ライターでなに遊んでんねん！　殺す気か！』

珍しくママが焦った顔で、紙束についた火をバタバタと別のなにかで叩いて消してしまった。そしてじろりとわたしを睨み、手を振りかぶり下ろした。さっきよりも強くて、頭を両手で守りながら『ごめんなさい』を繰り返す。

『ああもう、オイルもなくなりかけてるやんけ！』『家燃やされたら洒落《しゃれ》ならんねんけど』『怖いなあんたは！』『ZIPPOもなくすし最悪や！』

そう言って、ママはライターを自分のポケットに入れた。

『ほら、行くで、舞香』

どこに？

そう聞く前に、ママは突然鼻歌を歌いだす。さっきまでわたしにあんなに怒っていたのに、すごくいいことがあったみたいな笑みを顔に貼りつけていた。

『ええ人に会わせたるわ』

そう言って、わたしに手を差し出してきた。

わたしはそれに、大げさなほど体を震わせて俯《うつむ》いた。

どうやらその態度にママは機嫌を悪くしたらしく『感じ悪』『もうええわ』と鼻を鳴らして家を出ていった。

それが、わたしがママを見た最後の日だった。その後、ママはもう帰ってこないんだと、そう言ったのはお母さんだった。あれがどこだったのかは覚えていないけれど、あたたかいおかゆを差しだしてくれて、わたしはそれを食べた。

その瞬間、涙で視界が弾けた。

悲しくて泣いたのではなかった。ママがいないとおいしいご飯が食べられるんだと、そう思うとうれしくて、涙が止まらなかった。

あの日、わたしは幼いながらにママの死をよろこんだんだ。

ママが死んで、よかったと。

わたしは今もそう思っている。当時以上に強く、そう思っている。

——この気持ちは、絶対に、誰にも、知られてはいけない。

「じゃ、帰ろか、舞香」

お母さんに言われて、「うん」と返事をし、お母さんの手を強く握り返した。

お母さんは、ママはわたしのことが好きやったと思う、と言った。

だったらどうしてママはわたしを何度も叩いたのだろうか。

わたしは、大事なものや好きなものを、わざわざ壊すような真似《まね》は絶対しない。

家族でいるためには血のつながりが重要なことくらいわかっている。血がつながっているからこそ、隆史も、里依ちゃんたちも、家族には文句や愚痴《ぐち》を言えるのだろう。

でも、わたしにはそれがない。だから気を遣う。

お父さんとお母さんを失わないように。お父さんとお母さんにきらわれないように。

これから先もわたしと一緒にいてくれるように。なに不自由なく、痛い思いをせず、安心して眠れる、そんな場所がなくならないように。

毎日、いただきます、と言ってあたたかくておいしいご飯が食べられるように。


今日も帰ったら、お母さんはココアを作ってくれるだろう。そばにはミドリがいて、一緒にお父さんの帰りを待つ。そして、みんなで食卓を囲む。

いやなことなんてひとつもない。わたしは、けっして、かわいそうではない。

ただ。

それを、幸せと呼ぶのかは、わからないけれど。

2 「おかえり」を聞かせてほしい

十二月になると、タバコの本数が増える、ような気がする。

仕事のお昼休み、ビルの踊り場にある喫煙所で寒さに耐えながら紫煙をくゆらしていると「時田さん」と後輩が俺に声をかけてきた。

「お邪魔します」

「今のあいだに吸っとけ吸っとけ」

ほんとっすよねえ、とそばに来た後輩はタバコをくわえて火を点けた。そのとき、ミントの香りが鼻を刺激し、一歩下がる。そういえば後輩はメンソールのタバコを吸ってたな。

「喫煙者はどんどん肩身が狭くなりますよね」

「え、ああ、せやな」

はっとして、煙を吸い込んでから答える。

タバコを吸える場所は徐々に減っていき、最近では喫煙場所すらない居酒屋も増えた。会社でも勤務中の喫煙は禁止だ。

臭い、体に悪い、という理由はわかるが、非喫煙者よりも休憩時間が多いのはずるい、というのはどうかと思う。それなら一本につき数百円くらい払うので好きに吸わせてほしい。体に悪いのだってこっちは百も承知なのだ。もちろん、迷惑行為をするのは問題だけれど。

「でも、ぼくの娘が最近『パパ臭い』とか言うんですよねえ」

「うわ、それショックやな」

ぶはは、と笑うと「時田さんは娘さんに言われないですか？」と聞かれた。

「娘――舞香は、言わんな」

タバコのことに限らず、舞香は思っていることを簡単には言えないのだと思う。それに気づいていても、俺にはなにもできない。ただ、できるだけ家の中で楽しく過ごしてもらえるようにするだけ。舞香が安心していられるように。

それが、かおりのためで、自分自身のためになるから。

「ただいまー」

夜の七時過ぎ、玄関の扉を開けて中に呼びかける。と、「おかえりお父さん」と舞香がリビングからひょっこりと顔を出した。舞香の足下にいるミドリが、にゃあと俺に向かって鳴く。

「ただいま、舞香――」

いつもこうして舞香が出迎えてくれるのはうれしいものだ。舞香の頭に手をのせると、ああ、また身長が伸びたなあ、大きくなったなあと実感する。

「おかえり、遊」

キッチンにいたかおりが、俺の姿を見て声をかけてくれる。

「ただいま。今日の晩飯なに？」

「寒いから鍋」

ということは明日も鍋になるのだろう。もちろんその言葉は呑み込んだ。

コートを脱ぎ寝室でスーツからジャージに着替え、洗面所で手を洗ってから再びリビングに入る。タバコを吸いたいけれど、かおりが晩ご飯の準備をしている最中では小言を言われるので、ぐっと我慢してソファに腰を下ろした。

キッチンでは、舞香がかおりを手伝っている。

ふたりが一緒にいる姿を見ると、いつもほっとする。

とはいえ、この光景がない日のほうが我が家では珍しいのだけれど。

直近でふたりから笑顔が消えたのは――ちょうど一年くらい前だろうか。

当時小学五年生だった舞香が、学校で男子とケンカをした、とかおりに担任から連絡があった日だ。俺は帰宅してからその話を聞いた。

俺たちと血のつながりがないことを同情されて、それに舞香が激高した、らしい。家では舞香が感情を爆発させることは一度もなかったので、本当のことなのかと訝《いぶか》しんだけれど、舞香がそれまで見せたことのない拗《す》ねたような顔をしていたので、おそらく真実なのだろう。

それまでも、クラスの男子にちょっかいを出されている、というのは舞香から聞いていたが、思った以上にしつこく絡まれていたようだ。話を聞いたときはその男子の家に乗り込んでやろうかと思った。

余計なことをしてんちゃうぞ、と。

舞香はどこか、自分のしたことで俺たちが怒るのではないかとビクビクしているように見えた。そして、かおりはそんな舞香を見て、苦しそうな顔をしていた。

クソガキどもが。なんてことをしてくれたんだ。思いだしても腹が立つ。

おまけに、舞香は今まで仲がよかった女子とも仲違《なかたが》いをしたらしい（なんでそんなことになったのかさっぱりわからないが）。幸いなのは、その話をしたときの舞香が、やけにすっきりした顔をしていたことだ。

どういうことかよくわからないが、まあ、悪いことではないのだろう。そう思って、『そうか』とだけ言った覚えがある。

それから一年、友だちがいない舞香がいじめられたりはしていないかと舞香の言動に注意を払っているけれど、なにごともないようだ。クソガキどももからんでこないらしい。

『わたしのこと怖いと思ってるんちゃうかな。怒ったら教室で暴れるから』

舞香はそう言って笑っていた。

いったいどんな暴れかたをしたのか。

なんにせよ、よかった、のだろう。

舞香は前よりも元気そうだし、舞香のそばにいるかおりも笑っているので、きっとそうなのだろう。

なのに。

「お母さん。隆史が前におばさんが作ってくれたお菓子のレシピ、今度くれるって」

「ほんまに？　お礼しやんなあかんな」

なぜ最近〝隆史〟の名前が舞香の口から出てくるのか。

鍋を囲んで食事をしながら話すふたりに、怪訝《けげん》な顔を向けた。

隆史というのは、舞香の激高事件のときの相手のうちのひとりではなかったか。昔は仲がよく、休みの日に家に来ることもあった。一年前までは舞香の口からその名前が出てくることがあった。そして、事件後はぱたりと名前を聞かなくなっていた。

なのに、二ヶ月ほど前から、以前よりも頻繁に奴の名前が会話に挙がる。

しかも、明日の帰りは隆史の家に行く、なんていう、以前よりも親しげな内容で。

意味がわからん。

前になんでなん、と訊いたら『隆史がしつこいから』と舞香は言った。人気《ひとけ》のない場所を選んで何度も舞香に声をかけてきたらしく、いつの間にか、話をするようになったのだそうだ。

意味が、わからん。

じいっと見ていたからか、かおりが「どしたん」と不思議そうに首をかしげた。

「え、いや……べつに」

「遊がこの前食べたレモンケーキあるやろ。あれのレシピのことやで。おいしいって言ってたから、家でも作ってみようかなって思って」

かおりがふふっと目を細めた。

もともと大きいとは言えない目は、笑うと細くなって線みたいになる。それを見ると、安堵と喜びと、愛《いと》おしさがこみ上げる。

「それは、楽しみやな」

さっきまでの不満が消え、へへっと、頬を緩ませて笑った。

食事を終えお風呂も済ませると、リビングで舞香と会話をしながら過ごすのが日課だ。かおりがお風呂に入っているあいだ、勉強をしている舞香のそばでテレビを眺めていると、サンタクロースの格好をした女優がＣＭに出てきた。

「舞香はサンタクロースにほしいもん、もうお願いしたん？」

「……さすがにもうサンタクロースは信じてへんけど、でも、お母さんに伝言お願いしといたで」

苦く笑って舞香が答える。

世の親は、どのタイミングでサンタクロースが自分たちなんだと教えるのか毎年考えていたが、すでに舞香は気づいている様子だ。その点については触れず、俺は「そっか」と言うだけにしておく。

「今年はなににしたん」

「電子辞書。来年から中学生になるし、勉強するのにほしいなって思って」

たしか、去年は文具をリクエストしていた。それに比べたらプレゼントらしいものではあるけれど、もうちょっとゲーム機とかなにかのグッズとか、そういうものでもいいのにな、と思う。

舞香はまだ、俺やかおりに気を遣っているのだろう。

かといって、あからさまによそよそしい態度を取ることはない。家に来てすぐの頃はそれまでの生活から一変したこともあり、ぎこちなかった。けれど、今では自然に俺たちをお父さん、お母さんと呼ぶし、冗談を言い合うこともある。

ただ、俺たちになにか反発したことはない。家のことをよく手伝うし勉強に関しても自主的に取り組んでいる。

根が真面目だと、そう思うこともできる――けれど。

「二十五日の朝が楽しみやな」

ここはいつもどおりに、と意識をして明るく言った。舞香は「せやな」と言いつつも、少し考え込むような顔をする。そして、

「なあ、クリスマスってそんな特別なもんなん？」

と首をかしげた。

「まあ、キリストが生まれたか、復活したか、そういう日やからな。どしたん？」

「今度、クラスでクリスマスパーティをするんやって。教室でやるから別に豪華なご飯があるわけじゃないんやけど。小学校生活最後やからって」

舞香はなにかが不満らしく、ノートにぐりぐりとシャーペンで渦巻きを描く。

「それはええんやけど、クラスの女子が、その日に好きな相手に告白するらしい」

「へえ、ませてんなあ、今の小学生は」

俺の小学生時代に、そういった恋愛ごとはほとんどなかった。もちろん、誰かがかわいいとか、かっこいいとか、そういう話は耳にしていたけれど。

「なんでクリスマスやからって告白するんか意味がわからん」

なんで、と言われると返事に困る。

でも、クリスマスだとそういうテンションになるのもたしかだ。現に、俺がかおりにプロポーズしたのも、クリスマスだった。

「なんつーか、まあ、きっかけやな。別にクリスマス自体に意味はないんちゃうか」

「そういうもんなん。いや、まあ……別にええんやけど」

「なにが気になるん？」

むうっと下唇を突き出している舞香に訊く。

「告白するって決めた子に、そばにおった子が言っててん。告白されてうれしくない人はおらんって、だから頑張れって。勝手にイベントに舞い上がって、相手の気持ちを決めつけて告白するって変ちゃう？　押しつけてるみたいやなって思った」

いや、考えすぎだろ。ドラマや映画、漫画でもよく、好きになってくれてありがとう、みたいなセリフが出てくる。それだけのことだ。

「イベント時じゃなかったらええのか？」

考える前に口が勝手に動いていた。

「え？　ああ、たしかにせやんな。あー、うーん……いや、イベントは関係ないんかも。告白する気持ちが、なんか、納得できん。それが今の時期増えてるから余計に気になるんかな」

舞香は腕を組んで考え込んでから答えた。

なるほど。と理解したところで、告白に対してマイナスなイメージを抱いている舞香になにを言えばいいのかはさっぱりわからないのだけれど。

「お父さんは？　好きでもない相手に告白されてもうれしい？　告白されて迷惑やなあ、って思ったことないいん？」

小さく体が震えた、気がした。

――『あたしとつき合わへん？』

記憶が蘇る。あの瞬間、俺は心底迷惑だ、と思った。

「……わたしは、迷惑や」

はっきりと、舞香は言う。

「わたしは、ひどいんかな。わたしがおかしいんかな」

上目遣いに訊《たず》ねられて、言葉が出てこなかった。

そんな俺を助けるかのように、

「ええんちゃう？　別に。けど、なんで迷惑やと思うん」

と、かおりがあいだに入ってきた。お風呂を上がってから、しばらく俺と舞香の会話を聞いていたのだろう。

「断ったら、今までのような関係じゃなくなるかもしらんやん」

「そっか。まあ、そういうこともあるやろな」

かおりは舞香のとなりに腰を下ろして、舞香の気持ちを認めるかのように、やさしく肩を寄せた。舞香はそれ以上なにも言わず、考え込んだように黙ったままだった。

九時半になると、舞香は「おやすみ」と自分の部屋に向かう。あのあとかおりにコアをいれてもらったからか、その頃にはいつもの笑顔を俺に向けてくれた。

ふたりきりになって、かおりは手元のマグカップの中身をじっと見つめながら「隆史くんのことやろな」と静かに言った。

「どういうこと?」

「今の関係を変えたくない相手なんか、隆史くんしかおらんやん。隆史くんが舞香に好意を抱いてるだろうことは、私も、隆史くんのお母さんも気づいてたしな」

「え?」

そんなの俺は全然知らなかったのだけれど。

思わず大声を上げそうになってしまった。

「で、でも、舞香は隆史のことを好きなわけじゃないってことやんな」

「さあ? でも、一緒にはおりたいんちゃう? 告白されて、気まずくなりたくないってことやろ。まあ、それだけが悩んでる原因でもないんやろうけど」

かおりと話していると、かおりはいつもなんでもお見通しのようだと思う。

「舞香は、葛葉に似た容姿のせいで、自分が男子にモテることも、女子にやっかまれることもわかってるからな」

「……まあ、顔は似てる、よな」

大きな瞳に長いまつげ、髪の毛もさらさらで、笑った顔は特に、彼女に似ていると思う。それは、仏壇の写真からでも十分にわかる。

そうでなくても、俺は、学生時代の彼女を——葛葉を知っている。

「遊は知らんやろうけど、葛葉の高校時代はマジでかわいかってんで」

遠くを眺めるようなかおりの目に、胸が痛む。

かおりから目をそらし、早鐘を打ちはじめる心臓を落ち着かせるため、こっそりと深呼吸をした。

脳裏にある抽斗《ひきだし》が、ゆっくりと開かれる。

六年前のあの日に鍵をかけた抽斗は、開けられないだけでずっとそこにあった。

——『ゆうくんは、最低な男なんやで』

葛葉の声が聞こえる。

かおりは知らないけれど、俺は、葛葉のことをよく知っていた。

高校時代の、俺とつき合っていた頃の、葛葉を。

◇

高校三年生の、十一月。

「うあー、外の空気がうめえ」

「教室の空気はどろどろしてんもんなあ」

授業が終わってやってきた難波《なんば》で、ぐいーっと背を伸ばす。

「まだ受験組が必死な顔して勉強してっからな」

俺を含め、公募推薦で受験から解放された友だちとケラケラと笑いながら商店街を歩いた。最近は毎日のように放課後同じメンツで解放感を味わっている。普段から脳天気に過ごしている自覚があるけれど。

今日はなにする、どこ行く、と話しながら歩いているとき、ふと、

「それ、奈良の菅野《すがの》高校の制服やんな。こんな時間にこんな場所おるって、サボり？」

と、ひとりでぶらついていた彼女に声をかけた。

見知らぬ彼女の大きな双眸が、俺に向けられる。

彼女は、俺の地元である奈良の県立高校の制服を着ていた。茶色のブレザーに茶色と渋い緑がアクセントに入っているチェックのスカート。ほかにはないデザインの制服は女子に人気で、中学時代クラスの女子が絶対あの高校に行きたいと騒いでいた。

奈良県内にあるその高校から難波まで、一時間弱はかかるはずだ。俺は大阪の私立高校なので、難波まではたった十五分。学校が終わってすぐにやってきたこの時間に、奈良の生徒がいるのは珍しいなと思ったのだ。

もちろん、彼女に気づいたのは、制服だけが理由ではない。彼女が、アイドル並みにかわいかったからだ。

「なに？　ナンパ？」

彼女は声をかけられるのに慣れているのか、驚いた顔は見せなかった。

「おい、遊、なにしてんねん」

「オレら無視してナンパしてんなや」

背後にいた友人がゲラゲラと笑う。

「あ、これナンパになるんか。気いついたら話しかけてたわ」

そういうつもりで声をかけたわけではなかったけれど、俺のしたことは完全にただのナンパだった。今までそんなことしたことがなかったのに。

「はは、なんなんそれ」

彼女が、ふは、と噴き出して笑った。その瞬間、彼女からミントの香りがふわりと広がった、ような気がした。ガムか飴《あめ》でも口に含んでいるのだろうか。

「あたし、葛葉って言うねん。暇《ひま》やから遊んでくれやん？」

そう言って、彼女――葛葉は、俺たち男子四人の中にするりとまざり、初対面とは思えないほど気さくに話しかけてきた。

「どこの高校通ってるん」「何年生？」「うちのいっこ先輩やん」

葛葉はノリもよく、俺らの冗談にも、ときに下ネタにも、いやな顔せずケラケラと楽しそうな声を上げた。一緒にカラオケに行き、ファミレスでだらだらとしゃべり、七時頃に解散する頃にはすっかり友だちになっていた。っていうか、かわいすぎる葛葉に、全員がデレデレしていただけのような気もする。

そのせいで、俺と葛葉が同じ電車で帰るとわかったとき、友人たちは「遊には気いつけや、葛葉」「こいつは悪い男やからな」と何度も葛葉に忠告した。失礼な。

「ゆうくんも奈良やったから、うちの制服が奈良なんわかったんや」

「まあ、そういうこと」

駅のホームで電車を待ちながら話をする。

こうしてふたりきりになると、あらためて葛葉のかわいさがわかる。やや化粧が濃いめのせいで、ちょっと派手な印象があるけれど、化粧をしていなくても目鼻立ちがはっきりしているのは間違いないだろう。身長は百七十五センチの俺よりも二十センチほど低く、おまけに手足も細いので小柄な印象を受ける。だからか、短いスカートから伸びる足が、やけに生々しく映った。そんなふうに女子を見るのははじめてのことで、やましい気持ちを必死に隠してできるだけ目線を下に向けないようにしていた。

「で、ゆうくんは悪い男なん？」

葛葉の大きな目が、俺を見る。

「さっき、遊には気をつけろ、とか、悪い男やって」

「べつに、そんなことはない、と思うけどなあ」

「自覚がないんか。それはやばそうやな」

どういう意味だ。

「ゆうくん、モテるやろ」

まあな、と返事をすべきか、そんなことないで、と謙遜すべきか。男友だち相手なら、鼻高々に自慢するけれど。俺が無言でいることで答えを察したのか、葛葉は「あははは、正直やなあ、ゆうくん」と笑って俺の肩をバシバシと叩いた。

実際、俺はモテていた。

それなりに整った顔立ちだったことと、もともと男女問わず誰とでも仲良くなれる社交性もあり、女子からは〝誠実そう〟だとか〝やさしそう〟だと言われた。おまけに通っている府内の男子校がそれなりの偏差値であることも、ポイントが高かったらしい。合コンがちょくちょくセッティングされ、そこで俺は持ち前の社交性で必ず誰かといい感じになり、つき合った。

友だちが俺のことを〝気をつけろ〟とか〝悪い男〟と言っていたのは、嫉妬からだろう。けれど、それだけでもない。

俺が誰とつき合っても長続きしないからだ。

俺は、自分から誰かを好きになったことがない。かわいいな、とか、つき合ってみたいな、と思うことはあるけれど、自分から行動を起こしたことは一度もなかった。そもそも、自ら動こうと考える間もなく、相手から連絡があり、相手から告白されるからだ。そして、俺は告白されれば、そのとき誰ともつき合っていなければ、大抵それを受け入れた。

そして、だいたい数週間から二ヶ月くらいで別れる。そしてまた、一ヶ月も経《た》たないうちに誰かに告白され、つき合う。その繰り返しだ。

「まあ、まわりからすれば、悪い男なんかもしらんな」

俺のこの振る舞いに、友だちは口をそろえて『お前に原因があるはずや』『とっかえひっかえやんけ』と言う。

そんなつもりはないのだけれど、そう見えるのだろう。

好きかどうかはわからなかったものの、つき合った相手にはそれなりに好意を抱いていたし、それなりに特別扱いし、それなりにやさしく、相手が不満に思わないように好きだと口にして伝えていたつもりだ。まあ多少、彼女よりも友だちや自分の時間を優先していた部分はあるが。

それに、俺から別れを伝えたことは一度もない。

相手から突然フラれることもあったけれど、俺が別れたいなと思ったときは、さりげなくきらわれるように振る舞い、相手から言わせるようにした。俺から言えば彼女を傷つけるし、変に恨まれるのも面倒だし。相手から去ってもらうほうが、お互いのためにいい。

「じゃあさ」

電車の中でそう言った話をかいつまんで伝えると、葛葉はつんつんと俺の袖をつまんで引っ張り、上目遣いで俺を見て言った。

「あたしとつき合わへん？」

俺の話を聞いて、なんでそんな発想になるんだ。

まったく意味がわからん。

「あたしも、彼氏と長続きせえへんねん。いっつもフラれんねん。でも、ゆうくんはうちのことフラへんねんやろ」

「まあ……そういうことになる、か?」

「じゃあ、あたしとつき合おうや。今、彼女おるん?」

いないけど。受験直後にフラれたところだ。彼女はまだ受験真っ最中だったから、浮かれている俺がむかついたらしい。

っていうか葛葉は俺のことを好きなんかよ、と思ったけれど、俺だって好きな相手とつき合ったことはない。

こういう関係なら、もしかしたら楽かも。案外うまくいくかもしれん。そんな考えが頭をよぎった。

それに、葛葉はかわいい。残りの高校生活、彼女がいないままでも楽しいけれど、かわいい彼女と過ごせるのなら、そのほうがいい。

「ええよ」

だから、そう答えた。

◇

――それが間違いだったと気づくのに、そう時間はかからなかった。

たぶん、あの頃の俺は調子に乗っていたのだと思う。女にモテて、つき合いと別れを繰り返しつつも、その瞬間を楽しく過ごせていたから。

つき合った誰のことも好きではなく、自分の娯楽を優先して、相手の気持ちを深く考えることをしていなかった。

俺は、クソみたいな男だった。

「遊？　どしたん？」

かおりの声にはっとして、弾かれたように顔を上げる。

「あ、ごめん、ぼーっとしてた。なんの話してたっけ？」

「葛葉の話。葛葉がかわいかったって。まあ、かわいいからって、いい相手とつき合えるわけちゃうねんけどな」

俺のことを言われているみたいで、相づちが打てなかった。

「葛葉も、愛情表現が、苦手だったから……いつも、傷ついてたな」

さびしげに、かおりは言う。

――『ゆうくん』

葛葉の甘ったるい声が聞こえた気がした。

かわいらしい笑みを浮かべて俺をそう呼んだ。けれど、それはつき合って数日間だけだった。葛葉を心の底からかわいいと俺が思えたのも、そのあいだだけだった。

いつ何時もメッセージを送ってきて返事を催促するようになり、次第に俺が出るまで電話をかけ続けた。友人と遊ぶと事前に伝えていても、その写真を見るまで信用しない。おまけに葛葉がバイトだから会えない、と言うから了承しただけでも『なんで！』と泣かれた。なんでそんなにあっさりと受け入れるのか、会えないのが悲しくないのか、実はうれしいのか、と予想だにしない理由で怒るので、どうすればいいのかさっぱりわからなかった。

あたしのことが好きか、どこが好きか、だったらどうして毎日一緒にいてくれないのか。そばにいたいと思ってないのか。メッセージや電話でつながろうともしてくれないのはなんでなのか。

葛葉は毎日俺にそんなことを言うようになった。

勘弁してくれ。

本音をこぼすと、目を吊り上げ、涙をボロボロとこぼしながら声を荒らげる。『なんでそんなこと言うん』『ひどい』『最低や』『やましいことがあるからそんなこと言うんちゃうの』『信じられへん』

外でもどこでもお構いなし。人目もはばからず葛葉は感情を爆発させる。そして、『あたしと別れたいん』『別れんといて』『捨てんといて』『なんでもするから』『好きなだけやねん』『不安やねん』『お願い一緒にいて』

そう言って、今度は静かに涙を流し、俺の服をしっかりと握りしめた。決して離しはしないと言いたげなほど、強く。

あっという間に、俺は葛葉のことをかわいいとは微塵も思えなくなった。

自分が見ていた、好感を抱いた葛葉はいったい何者だったのか。幻覚でも見ていたんじゃないか。そう思うほど、出会った頃の葛葉ではなくなっていた。

「葛葉がうまく人を好きに、大切にできなかったんは、家が複雑やったからかな」

「そうかも、なあ」

曖昧な返事をしながら、葛葉は愛情に飢えているんじゃないかと、当時の俺も言葉の端々から感じていたなと思いだす。

出会ったときの明るくて気さくな葛葉しか知らなければ、学校ではたくさんの友だちに囲まれている子だと思っただろう。けれど、葛葉から友だちの話はほとんど聞かなかった。あまりにも俺ばかりにかまうので『友だちと遊んだら？』と口にしたら、『あたしの友だちに興味があるん！』『浮気するつもりなんちゃうん！』と激怒されたっけ。

二十四時間俺のことばかり考えているのではないかと思うくらい、電話もメッセージもひっきりなしだったから、疑問に思っただけなのに。男子校じゃなくて共学に通っていたらと思うとぞっとする。

気分が沈むので、葛葉の話を終わらせようと、テレビのリモコンを摑んだ。そして、かおりの意識をそらせるような番組はないだろうかとチャンネルをかえる。

「葛葉にも問題はあったと思うけど、でもさ、だからって葛葉をないがしろにしていいわけちゃうやん。最低な家族とか彼氏とか、どこの誰かわからん舞香の父親が、葛葉を大事にせんでいいことにはならんよな」

かおりが、なあ、と俺に同意を求めるように視線を向けてきた。

かおりの瞳には、かつて最低な彼氏だった俺が映り込んでいる。

「せやな」

そう口にする自分の顔を見たくなくて、かおりの手元を見て答えた。

話をそらしたいのに、テレビでは自分の気さえそらせない。

俺は、葛葉に対して最低な振る舞いをした。

葛葉のつき合ってきたほかの彼氏のことは知らないが、俺はかおりの言う最低な彼氏のうちのひとりであることは間違いない。

葛葉とつき合って一ヶ月経つ頃には、俺はどうすれば葛葉と別れられるのかと、そればかりを考えるようになった。

自分から別れを伝えるという選択肢はなかった。そんなことしたことがないし、ちょっと不満を言ったり面倒くさそうな顔をしたりするだけで、葛葉は『別れるつもりなん?』『もうあたしのことがいやになったん?』と問い詰めて泣きわめき怒り狂う。本当に別れを切りだしたらなにをするか、想像するだけでも寒気がした。自殺未遂をしても不思議じゃない。

どうして葛葉と軽い気持ちで、出会ったその日につき合ったのかと心底後悔した。

じゃあ、どうすればいいか。

今までの彼女と同じように、俺のことをきらいにさせればいい。悩むべきはその方法だった。今までの彼女と葛葉はまったく別の生き物だ。ちょっとやそっとで俺のことをきらいにはなりそうにない。待ち合わせに遅刻するとか、冷たい態度を取る、くらいのものでは、ただ単に俺が責められるだけだ。

覚悟を決めて最低な行為をしなければいけなかった。

どれだけ葛葉が逆上していても、毅然《きぜん》とした態度で突き放す覚悟。

そう決心して、俺は考えつく限りの行動を取った。遅刻するのは当たり前として、連絡をしない、お金にルーズ、偉そう。そしてときにはドタキャンも。

はじめのうちは、葛葉は俺に激高した。それまでであれば、とりあえず葛葉を落ち着かせるために謝罪を繰り返していたけれど、無視して帰るようにした。鳴り響くスマホの電源を落として放置したこともある。しばらくしてスマホを確認すれば、数十件の不在通知やメッセージが届いていた。そして、留守番電話も。いつものようにはじめは怒っているのに、最後のほうは『ごめん』『別れんとって』『好きやねん』と不安そうな内容にかわっていく。

なんで『もう別れる!』とか『最低!』とかを言わないのか不思議で仕方ない。ちょっとしたことで怒るくせに、けっして俺を突き放そうとはしない。

だったら、と一緒にいるときにお金がないと言って葛葉に支払いを任せたりもした。さすがにここまですれば葛葉も目を覚まして別れたいと言うはずだ。

そう思っていたのに、俺が葛葉を雑に扱えば扱うほど、葛葉は俺に依存した。それまで怒っていたことにも、普通に考えて怒るべきことにも、葛葉はなにも言わなくなった。それどころか、俺が少し不機嫌な態度を取るだけで、気を遣い、なぜか謝り、俺にすがりついた。

それは、まるで俺に従順な召使いのようだった。

『きらいにならんといて』『別れやんで』『そばにおって』『なんでもするから』

その言葉のとおり、葛葉はなんでもした。

俺のためにバイトを増やし、頼んでもいないのに、なんの記念日でもないのに、やたらと俺に物を買ってくれるようになった。ちょっと『これええな』と言えば、すぐにそれを手に入れて俺に渡してくる。それが千円二千円の物ならまだしも、一万円もするボールペンだとか財布だとか。さすがにそんなものを軽々しく受け取るわけにはいかず断ると、『勝手なことしてごめんな』としょんぼりしながら力なく笑った。

ただただ、怖かった。

耐えきれず、別れをほのめかしたこともある。

『なんなん。もうやめてくれや。そんなんせんでええって』

『そんなん言わんで、なんでもするから。お願い、あたしを捨てんといて』

『いや、そういうことちゃうねん』

『お願い！　お願い！　好きやねん、怒らんとって』

べつに怒っているわけじゃない。ただ、怖いだけ。でも、その気持ちは葛葉には伝わらなかったし、葛葉がなにを思っているのかも俺にはわからなかった。

わからないから——意地になる。

どこまで許すつもりだ、いつまで搾取《さくしゅ》されるつもりだ。

どこまで自分を差しだせるのか、どこまで耐えられるのか。

もうやめたいのに、葛葉が諦めないからやめられない。

お腹が空いたときや暇なときだけ葛葉を呼びだし、ご飯をおごってもらったりほしいものを買ってもらったり。そして、俺に用事がないときは葛葉からの連絡をとことん無視するようになり、そのうちなんとなく、葛葉から連絡することは禁止というのが暗黙の了解になった。

いつしか、葛葉に悪いことをしているという自覚は消えてなくなっていた。

俺にとって、それが当たり前になったのだ。

きらわれるための行動ではない。そんなことは一切考えなかった。

あの頃の葛葉は俺にとって彼女でもなんでもなかった。ただ〝便利な存在〟で、使えるから使っているだけの、どうでもいい相手だった。それでも、葛葉は俺から離れないだろうなと、確信していたようにも思う。

葛葉はただひたすら、俺の言うことを聞いた。なぜかうれしそうにしているときもあった。それが余計に俺の加虐心を煽《あお》った。

あの頃の自分を思いだすだけで、あまりのクズっぷりに反吐《へど》が出そうになる。

葛葉にまつわる全てを、思いだしたくない。

「まあ、舞香のことはまだ小学生やし、気にせんでええんちゃうか」

強引に話を舞香に戻して、かおりに微笑みを向けた。

「せやな。舞香は……葛葉と似てるけど、葛葉とは違うからな」

「そうそう。それに、舞香にはかおりっていう母親がおるからな」

そう言うと、かおりは不安そうに、けれどどこか満たされたような笑みを浮かべてから「そうやと、ええなあ」と呟く。

大丈夫や。

かおりは、誰かを正しく導ける。

少なくとも、かおりのおかげで、俺はあのクソみたいな彼氏から脱却できた。

あの日、かおりが葛葉のとなりにいたから。

葛葉とつき合ってから、一ヶ月ほどが経った、クリスマス間近の十二月のことだ。

街中にはクリスマスソングが飽き飽きするほど流れていて、俺は相変わらず葛葉をいいように利用していた。

学校終わったら難波に来てや、という短いメッセージを送れば、葛葉はすぐにやってくる。今日はなにを食べさせてもらおうかなと、なんの抵抗もなく考えていた。

葛葉を呼びだしたくせに授業が終わってからしばらく俺は友だちとだべっていて、予定よりも三十分ほど遅れて難波に着いた。それでも急ぐことなく、待ち合わせ場所の百貨店前に向かい、葛葉の後ろ姿を見つける。

葛葉のとなりには、葛葉と同じ制服を着た見知らぬ女子がいた。

あいつに友だちなんかいたんや。

葛葉には友だちはいないのだと、いつしか思い込んでいた。

いったいどんな奴だろうかと、そばにある柱のかげからふたりを観察した。

正直言って、その友だちらしき女子を見たとき、驚いた。華やかな顔立ちの葛葉に比べたら、かなり大人しい、悪く言えば地味な、真面目そうな、これといって特徴のない普通の子だったからだ。髪型もサイドを耳にかけているショートボブで、スカート丈も葛葉に比べると長い。着ているコートだってダークブラウン。グレイッシュピンクのコートを着ている葛葉と並ぶと、完全に引き立て役になっていた。

それが、かおりだった。もちろん当時は名前なんて知らなかったけれど。

——『なんでそんな男とつき合ってんの』

——『私のほうが先やったんやから断ったらええやん』

——『いつもそんなふうに呼びだされてんの?』

葛葉に向かって、かおりがそう言ったのが聞こえてきた。

どうやら、ふたりは一緒に遊ぶ約束をしていたらしい。俺が呼びだすまでそばにいたのだろう。にもかかわらず、葛葉は俺の呼びだしに応じたようだ。

先約があるなら断ればいいのに。と思ったけれど、もしそう言われていたら俺はどうしただろうかと考える。きっと、そんなの知るかよ、と一蹴していた。

自分の葛葉に対する振る舞いに、自分でぞっとした。それまでそんなふうに思ったことが一度もなかったことにも。

――『そんなんつき合ってるって言えるん？　そんな扱いされて幸せなん？』

かおりは、まっすぐに葛葉を見つめて言った。意思の強そうな双眸が、少し離れていた俺からもしっかりと見えた。

かおりは葛葉を心底心配して、彼氏である俺に怒りを抱いていた。

『でもやさしいときもあるし』『あたしが好きやからええねん』『あたしがやりたくてやってるんやからええやんか』

葛葉はかおりの言葉に、子どものように口を尖らせて反論した。

俺のどこがやさしいのか。なんでそんな好きなのか、なんで大切に思えるのか。

かおりに〝そんな男〟と言われることのほうが当たり前だと思った。

――『そんな葛葉が大事に思うような男ちゃうと思うけどな』

――『たいした男ちゃうやろそんなん』

――『しょうもない男なんか相手せんでええやんか』

見ず知らずのかおりの言葉が胸に突き刺さる。言われるたびに自分に失望する。自覚が生まれると、今までの自分がひどく恥ずかしい存在に思えた。

俺はなにをしていたんだ、と。

ただ、葛葉にきらわれてフラれたかっただけなのに。

思い返せば、仲のよかった友人たちが、俺の葛葉への態度を見て冷めた視線を向けるようになっていたことに気づく。羞恥に逃げだしたくなる。

『もう、かおりはしつこいな。かおりに関係ないやんか』

『関係ないわけないやろ。葛葉がそんな男とつき合ってるとか、私はいやや。ずーっと言い続けるからな。しつこくつきまとって言い続ける』

かおりはふんっと胸を張って答えた。

『うざすぎるんやけど。なんなん、彼氏が来るまでここにおるつもり？　迷惑や』

『そんなんせえへんよ。そんな男どうでもいいし。葛葉の目を覚まさせたいだけ』

あまりにかおりが彼氏――俺に辛辣《しんらつ》なことを言うからか、葛葉は『じゃあさっさと帰りや』とぷいっとそっぽを向いた。そんな葛葉にかおりはため息をついて『さっさと別れや』と言って駅に向かって歩きだした。

棒立ちの俺の横を、かおりが通る。その瞬間、間違いなく、目が合った。

射貫《いぬ》くようなまっすぐな視線に、愚かさで作られた自分の鎧《よろい》が瞬時に破壊され、生身の体が晒《さら》される。

かおりは、俺が葛葉の彼氏だとは気づいていなかった。

けれど、あのときのかおりの目は、俺を責めていた。

このままじゃだめだ、とやっと俺は気づいた。その直後、俺の姿に気づいた葛葉にすぐさま別れようと口にした。葛葉は泣いてそれを拒否した。それまでの俺ならそこで面倒くさくなって諦めていたけれど、それじゃだめなんだと自分に言い聞かせ、何度でも葛葉を説得しようと決意をした。

葛葉と別れよう。縁を切ろう。

けれど、葛葉はあの日を最後に、俺の前から突然消えた。電話もつながらずメッセージも既読にならない。いったいなにがあったのか、しばらく落ち着かない気持ちだった。俺が別れを伝えたことで葛葉が取り返しのつかない行動に出たのではないかとも焦った。

ただ、一週間なにもなかったことで、これはきっと葛葉の意思なんだと考えるようになった。

俺は葛葉と出会う前の自分に、日々に、戻った。

葛葉にしたことやかおりに言われたことを、けっして忘れないようにしながら。

それは、自分の最低な一面に怯《おび》えつつも、穏やかで気楽でほっとする毎日だった。

かおりと再会したのは、それから七年後のことだ。

俺が仕事を依頼している広告代理店の下請けのデザイン会社に、かおりがいた。

打ち合わせにやってきたかおりを見て、すぐに葛葉のとなりにいた子だと気づいた。

彼女は、落ち着きのある、言い換えれば地味な印象のまま大人っぽくなっていた。

ロールアップしたチノパンに黒のちょっと特徴的なデザインのローヒール、ゆったりとしたTシャツにリネン生地のジャケットというラフな格好は、かおりの芯の強さを現していた、と思う。

誰にも彼女をかえることはできないだろうと感じるほど、まっすぐ相手を見つめる力強い眼差《まなざ》し。

高校時代からかわっていない彼女に会えた。それがうれしかった。

七年間、葛葉と同様にかおりのことも忘れることはできなかった。

かといって、一目惚れをしたとかそういう感情はないと思っていた。ただ、あのときのみっともない最低な俺に、かおりが気づかせてくれたから。もう二度とあんな自分にはなってはいけないと、そう意識していただけのこと。

けれど、あれから数人の女性と俺なりに真面目につき合ったものの、どの相手ともそれほど長続きはしなかった。それは、もしかしたらずっと、かおりに惹かれていたからかもしれない。

だから俺は、再会した打ち合わせの直後、思わずかおりを追いかけて『つき合ってくれませんか』と口にしてしまったのだろう。

かおりにしてみれば俺は初対面のクライアントでしかなく、当然『すみません』とはっきり断られた。

自分でも驚くほどの勢いまかせの告白を、かおりが断ってくれてよかったとほっとした。かおりは、そのときも葛葉とつながっている可能性があった。二度と葛葉と顔を合わせたくなかったし、なによりもかおりに葛葉とつき合っていたことは知られたくなかった。

かおりとは、接点を持たないほうがいい。

そう思っていても、どうしても、俺はかおりのことが忘れられなかった。彼女の関わる仕事なら積極的に打ち合わせに出かけたし、直接会社に電話してかおりとやり取りをするようにもなった。

結果的に『時田さん、仕事熱心ですよね』と好印象を抱いてもらえた。親しくなってきて、今ならばと葛葉のことを探った。たしか、同窓会の話をきっかけにして、大人になると音信不通になりがちだよな、時田さんにもそういう子いたりする？　と話を振ったような気がする。

そこで、かおりはもう、葛葉と連絡が取っていないことがわかった。

それから、俺は半年間のあいだかおりにアプローチをしまくった。

あれほど誰かとつき合いたいと思い、必死になって女性との接点を作ろうとしたことはなかった。何度も食事に誘って、何度も告白をした。

――『なんか、時田さんと一緒にいるのが当たり前になってきてますね』

――『今からでもつき合ってもらえますか』

そう言ってくれたときには、死んでもいいと思ったほどだ。

自分でも小ずるい方法だと思う。葛葉がかおりと音信不通の状態でなければ、俺はかおりとはつき合えなかっただろう。

でも、そのくらいかおりに惹かれていた。

そして、それくらいかおりに嫌われたくなかった。

かおりがいてくれたから、俺は多少マシな人間になれたんじゃないかと思う。

だから、かおりと再会できたんじゃないだろうか。

かおりと一緒にいると、人にやさしくなれる。ちゃんとしようと思える。それが自然になる。

だから。

「かおりは今までどおり、舞香のそばにおってあげたらええんちゃうかな。もちろん、俺もできることはなんでもするけどな」

「遊は、ずーっとやさしいな。やさしすぎへん？」

「そりゃあ、かおりにはやさしくするやろ。奥さんやもん」

ふふんと胸を張ると、かおりはクスクスと笑った。

この笑顔をそばで見られるためなら、なんだってできると、そう思う。

そっと手を伸ばしてかおりの髪の毛に触れると、かおりは俺の体に体重を預けてきた。まだ本格的に寒くなる前だとはいえ、空気はひんやりとしている。だからか、かおりの体温があたたかくてほっとした。

「もうすぐ、クリスマスやな」

かおりが呟く。

その言葉には、悲しみが込められていた。五年前からずっと、かおりにとってクリスマスは葛葉の命日と同義語になっている。実際には二十三日だとしても。

俺のプロポーズも、葛葉の死には敵《かな》わない。

「葛葉にも遊みたいな人がそばにおったらよかったのにな。私を受け入れてくれた遊みたいに、葛葉を受け止めてくれる、そんな人が」

俺は、その言葉になんの返事もできなかった。

かおりは、幼なじみである葛葉の死を今も悲しんでいるのだろう。葛葉の話をすると、いつもかおりの瞳は陰《かげ》りを見せる。

俺みたいなのが高校時代の葛葉のそばにいたから、葛葉は亡くなった。

その証拠に、俺は胸を張ってまともな人間になったと思うことはできない。きっと、一生思うことはない。

かおりに、葛葉との関係を未だ隠し続けているから。

そして——六年前の葛葉の死の原因は俺だから。

俺はそれを、墓場まで持っていくつもりだから。

この場所を、このぬくもりを、守るために。

かおりからの「おかえり」を聞き続けるために。

六年前のあの日に、俺はそう決意した。

二十八歳になると〝結婚〟という二文字が脳裏をよぎるようになった。

とはいえ、俺が二十八歳ということは、かおりはまだ二十七歳だ。そう考えると結婚は早いような気もする。いやでも、すでに結婚した友だちもいるし、かおりも以前友だちから結婚式の招待状を受け取ったと言っていた。

◇

「なに悩んでんねん、時田は」

午後七時の社内にラジオから流れてくるクリスマスソングを聴きながら考え込んでいると、となりにいた先輩が呆れたように笑った。

「先輩ってなにがきっかけで結婚を決意したんすか」

「またその話かよ」

先輩はPCの電源を落としてため息をつく。

「っていうか、もう決めたんと違ったん？」

「いや、まあ、クリスマスイブにホテルでディナー、その後宿泊、というのは決めて予約も取ってるんですけど。そこでプロポーズすべきかどうかという……」

「断られるんが怖いだけやろ、それ」

ぐさりと図星を突かれた。

まったくもってそのとおりだ。だってプロポーズを断られたら落ち込むどころの話じゃない。ショック死する可能性もある。

つまり、そのくらいかおりが好きで、結婚したい、ということだ。

大学卒業後、俺は大阪にある大手家電メーカーに就職し、販促担当になって今年で六年になる。先輩は異動や出世で少しずつ減っていき、かわりに後輩が増えて教える立場になった。一時期は単調のように思えた仕事も、最近では楽しさを覚えやりがいも感じている。

かおりとは今年でつき合って三年になる。

お互い奈良の実家を出て大阪で独り暮らしをしていて、最近はかおりの家に半同棲《どうせい》状態だ。

今の関係に不満はない。けれど、そろそろ、俺とかおりが毎日同じ家に帰る、そんな関係になりたい。

できれば、同棲ではなく、結婚という形で。

今ならクリスマスシーズンで、プロポーズにうってつけのシチュエーションを演出することができる。そう思ってイブの夜に高級ホテルのフランス料理店と宿泊の予約を取った。なんで大阪におるのにわざわざホテル泊まるん、とかおりに言われたけれど、たまには非日常を味わいたい、と言いくるめたのだ。

いや、でも。まだ時期尚早か。

うーんと頭を抱えていると、帰り支度を済ませた先輩が「戸締まりするからお前も出ろ」と言った。作成途中だった見積もりを慌てて仕上げ、部長に確認依頼のメールを送信し、コートを羽織ってマフラーを首に巻いた。

「別にプロポーズを断られたからって別れるわけちゃうねんから、言っちまえよ」

「人ごとだと思って」

バンバンと俺の背中を叩き先輩が笑う。

クリスマスまであと三週間だというのに決断力のない自分が憎くなる。プロポーズをするにしても結婚指輪を買って跪《ひざまず》いて差しだす——なんてことは考えていない。だからこそ、ギリギリまで決められそうにない。

いっそ指輪を買うか。

でも結局勇気が出ずに渡せなかった、なんてことになったらかっこわるすぎる。

考えながらビルの外に出ると、突然ぴゅうっと冷たい風が顔面に襲ってきた。

「ま、ゆっくり考えろ。じゃあな」

「あ、はい、お疲れ様です」

地下鉄の駅に向かって歩く先輩に頭を下げ、俺は先輩とは反対方向にある別の地下鉄の駅を目指して歩きだした。

今年の冬は例年よりも寒いらしく、まだ十二月頭だというのに風が冷たい。去年の今頃はまだマフラーなんて必要がなかったはずなのに。それでも、奈良に比べたら都会の大阪は寒さがマシだろう。

肩に力を入れて歩いていると、ポケットに入れてあったスマホがブルブルと小さく震えた。取りだして確認すると、かおりから『もうそろそろ終わる?』とメッセージが届いている。『今終わったとこ』と返事を送ると、すぐに『晩ご飯なに食べたい?』と届いた。

今日は寒いからあたたかいものがええな。鍋とか、豚汁とか。

そんなことを考えていると、ふと、懐かしい香りが鼻腔《びこう》をくすぐった。

ミント。

その匂いに、引き寄せられるように顔を上げて振り返る。

「久しぶりやな、ゆうくん」

目が合った女性は、俺を見て、にんまりと口角を引き上げて言った。

茶色に黄色が混ざったような明るい髪色。大きな瞳に長いまつげ、そしてつややかな唇。そして、ミントの香り。

「――くず、は？」

記憶の中のかわいらしかった彼女は、大人になって、かわいいというよりもきれいという単語の似合う大人の女性になっていた。それでも、以前と変わらない、見間違うはずのない、人の目を惹きつける特別なオーラがそこにはあった。

「あはは！　覚えとったな、よかったあー」

かわいらしい声で放たれる関西弁に、ああ、やっぱり葛葉なんや、と思った。

だからこそ、今さらなんで俺の前に現れんねん、と。


「悪いなあ、おごってもらって」

駅までの道のりにあるコーヒーショップに入り、俺と葛葉は向かい合わせに座る。

あのまま別れる、という選択肢もあったものの、親しげに『今なにしてんの』『奇遇やん』『元気そうやな』としゃべる葛葉を無視するわけにはいかなかった。

ただ、できれば早めに切り上げたい。

けれど、そんな気持ちを顔にも態度にも出してはだめだ。

心臓がどれほど暴れていても、葛葉に悟られてはいけない。

葛葉は、あたたかいカプチーノを両手で包み「ほっとするわあ」と目尻を下げた。細い手は、指先がきれいな赤色に彩られていた。クリスマスをイメージしているのか、緑のアクセントも入っている。

「今日寒ない？　びっくりした」

葛葉の鼻は店内に入ってしばらく経っても、まだ赤い。長いあいだ外にいたのだろう。それに、タイツをはいているとはいえ、スカートは膝よりも上で、ブーツも足首までしかない。細い体をしているからか、ひどく寒そうに見えた。心なし、学生時代よりも体がほっそりとしているように思う。

「ゆうくん、仕事終わったとこやったん？」

「ああ、ちょうど帰ろうとしてたとこ」

「ゆうくんがサラリーマンなんて、なんかびびるな。スーツ着てるんやな」

葛葉がけたけたと口を大きく開けて笑うと、高校時代はなかった目尻のシワに気がついた。

そりゃそうか。あれから、十年も経ってるんやもんな。二十七歳やもんな。

こうして目の前で、出会ったときと同じように明るい葛葉を見ると、俺がつき合っていた葛葉は夢だったのではないかと思えてくる。つき合っているあいだ、葛葉がこんなふうに楽しげに笑ったところを見たのは、ほんの数日だけだった。

俺が十年で多少かわったのと同じように、葛葉もかわったのだろうか。

そうだといい。

そんなことを考え、目の前のブラックコーヒーに口をつけると、

「何年ぶりやろな」

と葛葉が言った。

「……ちょうど十年やな」

「もうそんななるんやなあ。十年も経ったらゆうくんもそりゃかわるわな」

懐かしむように頬杖《ほおづえ》をついて、葛葉が俺を上目遣いで見る。

「なあ、あたしがなにしてたか、聞かへんの？　十年間、どうしてたかとか、気にならんの？　突然連絡とれんくなって、心配せえへんかったん？」

言葉が出てこず固まると、葛葉は侮蔑を込めた視線を俺に向けた。

「あたしは気になるで」

ふふっと葛葉がいびつな笑みを顔に貼りつけて言う。そしてカバンの中から小さなポーチを取りだした。テーブルのすみにあった灰皿を引き寄せ、ポーチから出した一本のタバコをくわえてＺＩＰＰＯで火を点ける。カキンっと軽快な音が、なにかの合図のように聞こえた。

「なにがあってゆうくんはそんな真面目なフリしてんのかなあって」

葛葉は、こんなふうに片頬を引き上げて笑う奴だっただろうか。

「あたしのことをあんなにも雑に扱ったくせにさあ」

こんないやみが言える女だっただろうか。

「なあゆうくん」

葛葉は、昔と同じように、甘ったるい口調で俺の名前を呼ぶ。足下からぬるりとしたなにかが俺の体を這《は》い上がってくるような気持ち悪さに、鳥肌が立った。

「なんでゆうくん、かおりとつき合ってんの」

「……な、んで」

突然葛葉の口から出てきたかおりの名前に、体が震える。

なんで葛葉がそのことを知っているのか。なんで、いつ、どこで。

ふと、葛葉はこの話をするために、俺に会いに来たんじゃないかと思った。会社を調べて、俺の帰宅を長いあいだ外で待っていたのかもしれない。

「ゆうくん、アホやな」

「な、なにが」

くつくつと喉を鳴らして葛葉が体を震わせる。

「そんな反応するってことは、ゆうくんはあたしとかおりが知り合いって知ってるってことやんか」

言われてはじめて、はっとした。

「ついでに、それをあたしには知られたくなかったんやな」

しまった、と思ったけれどあとの祭りだ。今さらどんなごまかしも通用しないだろう。俺の答えを確信している葛葉の顔から目をそらし、奥歯を噛《か》む。

「あたしとかおり、幼稚園からの幼なじみやねん。まあ、親友みたいなもんかな」

「……そう、みたいやな」

その話は、つき合ってからかおりから聞いた。葛葉という幼なじみがいたのだと、小中の卒業アルバムを広げながら俺に説明してくれた。

「……かおりと、会ったんか？」

「さあなあ」

「余計なこと、言ってへん、よな」

震える声で聞くと「余計なこと？」と舞香が紫煙をくゆらせて呟く。葛葉の声が低くなったことに、心臓が縮まった気がした。

考える前に口を動かすな、と自分に言い聞かせる。

失言をしたら、葛葉の感情が昔のように爆発するかもしれない。そうなったら、俺はすべてを失うことになるかもしれない。

「あたしとつき合ってたことは、余計なことなん？」

「……そうじゃ、ない」

「せやんな。そうやんな。よかった」

俺が答えると、葛葉は満足そうに微笑んだ。

いったい、葛葉はなにを考えているのか。わからなさすぎて、頭の中がぐちゃぐちゃになる。葛葉と目を合わせると自分が自分でいられなくなるような気がして、視線をテーブルに落とした。

「ゆうくんが、学生時代つき合ってたあたしにしてきたことが、余計なことやんな」

ああ、そうだ。そのとおりだ。

なにも言い返せないことにがっくりと項垂れた。

かおりが、今、俺と葛葉が一緒にいることを知ったらどう思うだろうか。知り合いだったことに驚くに違いない。世間は狭いなあと感心するような気もする。

俺は、かおりに葛葉とつき合っていたことを話していない。かおりと葛葉が知り合いだったのを知っているくせに。何度もかおりとの会話に葛葉の名前が出てきたのに。

俺はずっと、知らないふりをし続けた。今更バレたくない。

「知ったらフラれるやろなあ」

満面の笑みを顔に貼りつけて葛葉が言う。

ああ、そのとおりだ、と心の中で同意することしかできなかった。

「いつからつき合ってるん」

「……三年前」

葛葉がどこまで知っているのかがわからず、素直に答える。

この様子だと、葛葉はまだかおりとは話をしていないのかもしれない。だとすれば、俺とかおりがつき合っていることをどこで知ったのか。どっちにしても、まだ、かおりには俺と葛葉の関係は知られていないだろうと予想する。

それだけが、俺にとっての最重要事項だ。

「どっちから告白したん？」

「お、れ、からだ」

へえ、と感嘆の声を発する葛葉は、わざとらしく目を瞬《しばた》かせた。思わず舌打ちをしたくなりこらえる。ここで葛葉の機嫌を損ねるのはまずい。

「なあ」

タバコの煙を細く吐きだしてから、葛葉はタバコを灰皿に押しつける。

「あたしとつき合わへん？」

「——は？」

聞こえてきた言葉の意味がわからず、素《す》っ頓狂《とんきょう》な声を発してしまった。

「ゆうくんのこと忘れられんかってん。つき合おうや」

「いや……なんでそんな話になんねん。無理に決まってるやん」

「なんで？　ええやん。どうせかおりともそのうち別れるやろ。それまで二番目でええし。あの頃はあたしも悪かったしさあ。ほら、家がゴタゴタしてたやん？」

知らねえよ。

かおりからそれっぽいことは聞いたことがあるけれど、詳しいことは知らないし、当時の俺は葛葉の家庭の事情には、一切興味がなかった。

「無理やって。かおりと別れる気なんて俺にはないし」

「大丈夫大丈夫」

なにがだ。

「そのうちフラれるって。かおりがゆうくんの最低なところを知ればさ。まあ今はまだ猫かぶってるかもしらんけど？」

「そんなこと、せえへんし。あれは……葛葉とつき合ってるときのことは」

「人間の本質なんてそうそう変わるもんちゃうから。いつ豹変《ひょうへん》するかわかれへんやん。いつか手を上げたりするかもしらんで？」

「そんなこと……！」

するはずがない。そんなことをしようと思ったことすら一度もないし、葛葉にだってしてはいない。

かっとすると、葛葉がテーブルの上の俺の手を取った。

「いつまでも隠し通せると思ってん？　隠しごとしたままつき合えるん？」

びくり、と体が震える。

「あたしならゆうくんの昔を知ってる。知ってるから隠さんでええんやで。あたしはゆうくんに幻滅したりもせんよ」

重なった手から、どろりとなにかが体内に侵入してくる。恐怖を孕《はら》んだ、不快感が体中に広がる。

思わず手を振り払い、腰を上げる。

「悪いけど、それはできん。そういう話なら俺は帰る」

ここにいてはいけないと本能が叫ぶ。葛葉と一緒にいちゃいけない。自分の本性が葛葉の言うように最低な人間なのだとしたら、その引き金になるのは葛葉だ。葛葉がそばにいると、自分は堕《お》ちてしまう。

そう、確信した。

「ゆうくん、連絡先教えてや」

「無理や」

踵《きびす》を返して店を出ようとする。と、

「じゃないとあたし、かおりになに言うかわからんで」

葛葉はそう言った。

「あ、遊、おかえり」

もらっている合鍵でかおりのマンションに帰り部屋のドアを開けると、目の前のキッチンにいたかおりが驚いた顔を見せる。

「うん、ただいま――って、あ、ごめん！　返事してへんかったな」

メッセージが来ていたのにそのままにしてしまっていた。

はっとして謝ると、

「べつにええよそんなこと。っていうか今日めっちゃ寒ない？　暖房つけてるけど大丈夫？」

鼻の頭真っ赤やで、とかおりが破顔した。くしゃりと表情を崩して笑うかおりを見て、安堵の息が漏れる。帰宅途中、ずっと考えごとをしていたせいで、寒さを感じていなかった。今になって体が芯まで冷えていることに気づく。

「うん、大丈夫」

「私もごめん、実はまだご飯できてへんねん。でももうちょっとでできるからええタイミングやったと思うわ」

「いつもありがと。返事できへんかったけど、今日なににしたん？」

かおりの横を通りすぎて、部屋の中に入る。八畳のワンルームマンションは、俺とかおりがいるとそれだけでいっぱいいっぱいだ。スーツを脱いでジャージに着替えてから、シャツと靴下を洗面所の洗濯機の中に入れに行く。かおりは俺に背中を向けたまま「今日は豚の生姜《しょうが》焼き」と言ってフライパンを温めはじめる。

かおりの背中を眺めていると、さっきまで葛葉と対面していたことは悪い夢だったんじゃないかと思えてくる。

かおりのいる家に帰ってきて、こうしてかおりが俺のためにご飯を作ってくれている。ときには俺が作るのをそばで見ていてくれるときもある。そういう時間を、愛おしいと思う。おいしそうな匂いを嗅《か》ぐとより一層俺の心は幸福感に満たされる。

ショートに近いボブのかおりのうなじに顔をすり寄せ「ただいま」とさっきも言ったセリフを繰り返した。

「なにしてんの。危ないで」

特に驚く様子も恥ずかしがる様子も見せずにかおりが苦笑した。けれど、ほんのりと耳がピンクに染まっている。それは、かおりのうれしいときの印だ。

かおりは感情的になることがない。けれど、ちゃんと思っていることや感じていることを、言葉や態度でまっすぐに、素直に、伝えてくれる。俺が好きだと言えば、はにかみながら「私もやで」と答えてくれる。

かおりがキッチンで晩ご飯を作ってくれているあいだ、ずっとくっついていると、

「ご飯できたで」

と、かおりに料理ののったお皿を差しだされた。それをテレビ前のローテーブルに運ぶ。残りの料理も運び終えると、床に座ってふたりで手を合わせる。

かおりの作ってくれたものは、豚の生姜焼きとキャベツの千切り、そしてこんにゃくのきんぴらと味噌汁。

「あー、おいしい。幸せ」

「おおげさやな、いつも遊は。遊のほうがうまいくせに」

大学進学を機に、俺は家を出て独り暮らしをはじめた。同時にキッチンのアルバイトもはじめたので料理はそれなりにできる。けれど、そういうことじゃない。

「誰かが俺のために作ってくれるってのがええんやんか。俺の家じゃでき合いものしか出んかったからな」

「ああ、遊のお母さん、料理苦手って言ってたっけ」

母親は料理が苦手、というより、壊滅的に下手くそだった。料理本を見ることなく勝手にアレンジをし、結果食べるのも躊躇《ちゅうちょ》するようなものを作る。いわゆるメシマズ、と言われるタイプだ。

自分の作ったものを父親も兄貴も俺もろくに食べないので、俺が中学生に入る前くらいから母親は一切ご飯を作らなくなった。

ついでに母親は節約が趣味で、ゴミとしか思えないものも「もったいない」と言ってなかなか捨てなかった。おかげで家の中はいつもものがあふれていて、常に狭苦しさを感じていた。

俺にとって家はいつも居心地が悪かった。

友人の家はいつもきれいで、あたたかいご飯どころかあたたかいできたてのお菓子が出てくることもあった。どうして自分の家は、母親は、こんなふうに暮らせないのかと悲しくなった。

高校に入学してから予備校にすぐに入ったのも、用事がない日はほとんど遊びに出かけていたのも、高校卒業と同時に俺も兄も独り暮らしをはじめたのも、家にいたくなかったからだ。今も、正月とお盆に日帰りでしか顔を出さない。

父親だけは、今も、この先も、ずっとあの家に帰るのだろう。

それを、かわいそうだな、と思う。

「かおりみたいな母親だったら、子どもは幸せ間違いなしやな」

「え？」

なんとなしに口にしたセリフに、かおりが目を見張る。なんで驚いているのかと首をかしげてから、はっとした。

「あ、いや！　たとえばの話な」

「ああ、うん、せやな。はは、は」

かおりが戸惑いを含んだ笑い声を出す。先走ったことを口にしてしまった後悔と、その反応はどういう意味なのかという不安が胸に広がる。

もしかすると、かおりは結婚とか子どもとか、全然考えていないのかもしれない。まだまだ働いていたいから、という理由ならいいけれど、俺とはちょっと、と思っていたらどうしようか。やっぱりプロポーズは避けるべきだろうか。

ぐるぐる考えはじめてしまいそうになり、慌ててそれを振り払った。そして「と、とにかく！」と明るい声で話を続ける。

「おいしいご飯ってのは幸せなんやで」

「まあ、遊が幸せ感じてくれてるなら私もうれしいわ」

そう言って、かおりはご飯を再開する。

かおりとつき合いはじめてから、どれだけ俺が帰宅を楽しみに思うようになったのか、かおりにはわからないだろう。足の踏み場がない、落ち着くことの許されないような家の中の閉塞感だとか、どれだけレンジであたためてもぬくもりを感じないご飯を食べているときの虚無感とか、体験しなければ理解できないはずだ。

かおりの母親はご飯が上手だった。両親の仲がよく、五歳年下の妹とも頻繁に連絡を取り合っていて、なにかあればすぐに実家に帰る。

そんな幸せな家庭で育ったかおりには、この先も俺の気持ちはわからない。

でも、それでいい、と思う。

そんなかおりだから、俺はかおりが好きで、一緒にいたいと思うんだ。

「そういやさ、今週の土日、どっか行く？」

「あ、土曜日は無理やわ。病院の定期検診やから。子宮頸《けい》がんの検査結果聞きに行くだけやけど」

「じゃあ今週末は家でのんびりするんもええかもな。これから年末モードになって俺もかおりも仕事立て込んでくるしな」

それに寒いしな、と言うとかおりは「せやな」と言った。

その瞬間、ジャージのポケットに入れていたスマホが震えた。確認するのが怖くて、俺は次の日までスマホを手にすることができなかった。


年末が近づくにつれて、じわじわと平均気温が下がりはじめた。

「なあ、聞いてるん」

目の前の葛葉が、タバコをぷかぷかと吸いながら頬を膨《ふく》らませた。俺たちのあいだにあるテーブルには、ホットコーヒーがふたつ。

「明後日のクリスマスイブ、デートしようや」

「約束があるから無理やって。何度も言ってるやろ」

「ドタキャンしたらええやん。ゆうくん得意やろ」

葛葉がバカにしたように、愉快そうに笑う。耳障《みみざわ》りなその声に、不快指数が上がっていく。

再会してから、葛葉は平日も土日も関係なく毎日のように俺を呼びだした。家でまったり過ごそうとかおりと約束をしていた週末も、葛葉のせいで仕事だと嘘をついて出かけなくてはならなくなった。ただひたすら買い物につき合わされ、お腹が空いたと食事をおごらされた。そのあとは暇だからと喫茶店で夜まで拘束された。

もちろん、支払いは全部俺だ。

平日も、仕事が終われば毎日葛葉に会いに行かなくてはならない。なおかつなぜか奈良まで呼びだされる。かおりや知人に見つかるわけにはいかないので、大阪よりも安心感はあるが、わざわざ片道三十分以上もかけて会いたくもない葛葉に会わなければいけないのは憂鬱《ゆううつ》だ。仕事も忙しいというのに。

かといって、断ることはできない。

葛葉が、かおりになにを言うのかがわからないから。

知り合いだ、と言われるだけならまだいい。俺がかおりのことを昔から知っていたことも、まだごまかせる。けれど、葛葉とつき合っていたこと、そしてかおりが軽蔑していた葛葉の彼氏が俺だったことは、絶対に知られたくない。

それを知ったらかおりは、俺と別れるかもしれない。

かおりは、海外ドラマでつき合っていた恋人が別れたあとに仲のよかったメンバーの別の相手とつき合う、というシーンを見るたびにいつも『海外ドラマってなんでこんなに身近でつき合ったり別れたりつき合ったりできるんやろ』と眉をひそめていた。

俺が幼なじみの元彼だと知ったら、かおりは俺との今後のつき合いに難色を示す可能性が高い。それに加えて友人にひどい扱いをした最低な男だとわかったら、間違いなく俺に不信感を抱くはずだ。

葛葉もそれをわかっているから、俺を脅している。

かおりに会ったのか、話をしたのか、とは何度か訊いた。けれどのらりくらりと返事をかわされている。

かおりに特別かわった様子はないし、葛葉の名前すら話に出てこないので大丈夫だとは思う。けれど、ならばどうして葛葉はかおりに会っていないのだろう。

いや、大丈夫だと思い込んでいるだけで、もしかしたら、かおりはもう知っているのかもしれない。そう考えると、かおりの様子はいつもと違うような気がしてくる。以前より口数が少ないことはないだろうか。時折沈んだ表情をしていたようにも思えてきた。

葛葉に出会ってから、ずっと同じようなことをぐるぐると考えている。

不安を打ち消すように、タバコに火を点ける。かおりがいやがるので最近本数を減らしていたのに、葛葉に会ってからまたじわじわと増えている。

「今日あたしん家《ち》来る?」

「いや、行くわけないやろ。大阪帰るし」

「かおりと約束でもしてんの?」

関係ないやろ、と心の中で突っ込んでから「まあな」と返事をした。

「かおりは今頃あたしとゆうくんが一緒にいるとは思ってもないやろなあ」

くすくすと楽しそうに目を細める葛葉に、怒りが込み上げる。

まるで俺が好んで葛葉に会いに来ているような言いかただ。脅され、無理やり時間を浪費させられているというのに。おまけにことあるごとに過去の話を口にされて、思いだしたくもない自分の最低な振る舞いが蘇る。自業自得なので葛葉を責める権利はないのはわかっているけれど。

こうして強引に俺を呼びだし振り回すのは、当時の復讐《ふくしゅう》だろうか。

昔どれだけひどいことをしていたのかを、俺に思い知らせているのか。

そう思い何度も誠心誠意謝ったりもした。けれど、「なに謝ってんの」「怒ってたらつき合おうとか言うわけないやん」と笑い飛ばされる。

なにがしたいのか、わからない。

葛葉は本当に、自分のことを好きなのだろうか。

だとすればなぜ。そして――これほど迷惑なことはない。


なんで俺にかまうねん。

もうほうっておいてくれや。

なんで今さら現れんねん。

このままずっと、どこかにおってくれたらよかったのに。

俺の前に現れんかったらよかったのに。


葛葉といると、自分がひどく冷血で残酷な人間になっていく。

結局葛葉の言うとおり、今も自分は最低な男なんだと感じる。すべて過去の自分のせいだというのに葛葉に対して憤りを抱かずにはいられない。

窓の外に視線を向けると、澄み渡った青空が広がっていた。今日はあたたかいんじゃないかと錯覚しそうなほどのいい天気だ。それもまたイライラする。

「ゆうくんさあ、相変わらず冷たいよなあ」

なにが、と外を見つめたまま返事をする。

「あたしのこの十年間のことも今のことも、なぁんも訊かへんな」

聞いたところでなにもできないからだ。

ちろりと窓から葛葉に視線を移動させる。

十年間、なにをしていたか興味がないわけではないが、べつに聞きたいとも思っていない。今の葛葉についても。ただ、至って普通の身なりをしているので、なんらかの仕事をしているだろう。それに俺に連絡を送ってくるのも平日の夕方と土日だ。ということはどこかの会社で規則正しく働いているのではないだろうか。

それだけの情報で、十分だ。

本当はただ、葛葉の言うとおり興味がないだけかもしれないが。

自分で自分の感情が把握できない。葛葉といると、なにかに呑み込まれて自我が狂ってしまいそうになる。

早く帰りたい。

かおりのいる家に。

重たい気持ちでぼんやりしていると、葛葉は「あ、もうこんな時間か」と言って立ち上がった。

「じゃあ、またな、ゆうくん」

そして、にっこりと極上の笑みを顔に貼りつけ、手を振って去っていった。

葛葉はいったいなにがしたいんだ。

つき合っているときも、今も、葛葉の気持ちが微塵も理解できない。

はあ、とひとりため息をついて、その場でしばらく過ごした。早く帰りたいのに、かおりに会いたいのに、動くのが億劫《おっくう》だ。

明後日はクリスマスイブか。プロポーズをどうするか考える余裕もなかった。今となっては当日かおりとふたりで過ごす計画も頓挫《とんざ》する可能性がある。葛葉がクリスマステートにしつこく誘ってこなかったのは、どうせ俺は断らない、と思っているからだろう。

もし、本当に当日誘われたらどうすればいいのか。

行かない選択肢は与えられるのだろうか。

ずぶずぶと底なし沼に沈んでいく。

体がずっしりと重く、思考も鈍くなる。

なんで葛葉と出会ってしまったんだ。

なんで俺に声をかけてきたんだ。

これが因果応報というものなのだろうか。

自分の未来はもう、泥沼の中にしかないのだろうか。


葛葉と別れてかおりの家に着くと、リビングで三角座りをしているかおりがいた。

いつもならすぐに立ち上がって「おかえり」と出迎えてくれるのに、今はぼんやりとどこかを見つめたまま動く気配がない。

かおりの「おかえり」がないだけで、心臓が早鐘を打ちはじめる。

「ど、どうしたん、かおり」

そろそろと近づき、いびつな笑みと震える声で呼びかける。

もしや、葛葉にすべてを聞いてしまったのでは。

だとしたら、どこまでバレてしまったのだろうか。

内心冷や汗を流しながら、かおりの前に膝を突いた。かおりはゆっくりと顔を上げて、俺と目を合わせる。

彼女の意志の強そうなその目が、俺は好きだ。かおりの芯の強さがわかる。誰にもなびかず、確固たる自分を持っているような、そんな目。

涙で潤んでいても、かおりの瞳にはその力強さが込められていた。

今はそれが怖くて仕方がない。

「遊、別れよう」

心臓が大きな音を出して体を揺さぶった。視界がくらりと揺れて、思わず倒れそうになるのを必死で耐える。外にいるときよりも、体が冷たくなっていく。吐きだす息も、凍りつきそうだ。手先が凍ってしまったみたいに、動かなくなる。

「な、なんで？　俺、なんかした？　なんでなん？」

声が震えてしまった。

かおりはゆっくりを目を伏せて、眉間にシワを刻む。言いにくそうに、自分の体を抱きしめる。そしてゆっくりと頭を左右に振った。

「違う、遊は悪くないねん」

「なんで悪くないのに別れようとか言うん。も、もしかして、ほかに……」

「そんなわけない。そんなんじゃない」

ほかに好きな人ができたのか、という先の言葉を遮るように、かおりははっきりと否定を口にし、ぶんぶんとさっきよりも激しく首を振った。

よかった、と思うと同時に、じゃあなんで、という疑問が膨らむ。

かおりの手に、自分の手を重ねる。ふたりして氷のように冷え切った指先なのに、ふれ合うとじんわりと熱を帯びていく。

「じゃあ、なんでなん」

ゆっくりと、はっきりと、問いかける。

「私じゃ遊を、幸せにしてあげられん、から」

かおりにしては要領を得ない言いかただった。涙を含んだ震える声に、胸がぎゅうっと締めつけられる。

喧嘩《けんか》をして、泣かせてしまったこともある。怒らせてしまったときも。それでも、かおりはいつだって俺と向き合ってわかり合おうとしてくれた。俺の声を聞こうと耳を傾けてくれたし、自分の想いを俺に届けようともしてくれた。

けれど、今のかおりはどちらも拒んでいる。

「かおり、俺に話して。わからんまま別れようとか言われても、無理や」

「でも」

もしも今、かおりを苦しめている原因が俺と葛葉のことだったとしても、それでもいいから吐きだしてほしい。かおりが気持ちをため込み傷ついている姿を見るくらいなら、思う存分、俺を傷つけてほしい。罵倒《ばとう》し詰《なじ》ってほしい。それでかおりが少しでも楽になれるのであれば。それで別れることになったとしても――できればそれだけは考えたくないが——自分にできることはなんでもしなければと思った。

結局、俺は昔からずっとかわらない。いつだって自分からはなにも言いださず、相手からの言葉を待つばかりだ。

本当に俺は最低だ。なにひとつかわっちゃいない。

でも、それでも、この先もかおりと一緒にいられるのなら、それでいい。俺は最低の男でいい。

そのくらい、俺にとってはかおりが大事なんだ。

その気持ちだけは真実だと、なんのやましさもないのだと自信を持って言える。

「……本当は、先週からずっと、遊に言わんとって考えててん」

涙で顔を濡《ぬ》らしたかおりが、歯を食いしばって上を向いた。

「一週間もかおりが悩んでることに気づいてあげられなくて、ごめん。かおりをひとりで苦しめてごめん」

「そりゃ、遊に気づかれないようにしてたからな」

鼻をすすりながら、かおりがわずかに口の端を引き上げる。それはあまりにも痛々しい笑みだった。

「ごめんな、遊。ごめん」

ごめん、本当にごめんと、かおりは繰り返す。眉を下げて、口元を歪ませて、俺に謝罪する。どうしてかおりが謝っているのかわからない。俺が謝るべきことはいくらでも思いつくのに。なんでかおりが。

「どうしたん、かおり」

「私――」

かおりが俺に手を伸ばし、すがりつくようにぎゅっと俺の服を掴んだ。俺の胸元に顔を押しつけて、くぐもった声で、今にも消え入りそうなほどの小さな声で、この一週間ひとりきりで抱えていたことを俺に教えてくれた。

俺は、かおり〝だけ〟がいてくれるならそれでいい。

本当に、本当にそう思っている。


クリスマスイブイブのカフェデートしようや、と葛葉から連絡が入ったのは、次の日の二十三日の朝だった。きっとなにかしらの連絡があるだろうと思っていたので、たいして驚きはしなかった。むしろ二十四日じゃなくてよかった。

約束の二時、指定された奈良の喫茶店で、葛葉を待つ。

幸い、かおりも今日は女友だちと飲みに行く予定が入っていた。かおりの用事は夕方からだけれど、念のためどこに行くのかさりげなく聞くと、大阪上本町《おおさかうえほんまち》あたりだと言った。奈良にいる俺と偶然会う可能性は限りなく低いだろう。

目が腫《は》れてなくてよかった、と今朝起きたかおりは言った。恥ずかしそうに目尻を下げるかおりを、なんとしてでも守らなければと思った。

かおりと自分の幸せな日々、それが、今の俺にとってなによりも大事なものだ。

そのためならば、俺はよろこんで人を傷つける。相手が俺を傷つけるのを待つのではなく、仕向けるのでもなく。今まで逃げ続けてきたことにはじめて向き合う。

決意を嚙みしめてタバコを摑んだ。

「あれ、早いやん！」

明るい声を発しながら、葛葉が店内に入ってきた。葛葉は着ていたバーガンディ色のコートを脱ぎながら「カフェラテ」と店員に気安く友人のように注文をする。

「あたしとつき合う気になってきたんちゃう？」

「なんでそうなんねん」

ふふっと両手で頰杖をついてにんまりする葛葉から目をそらす。素直ちゃうなあ、と肩をすくめた葛葉は、俺と同じようにタバコをくわえて火を点けた。葛葉の愛用しているＺＩＰＰＯの軽快な音が店内に響く。

「それとも、今日来たら明日は連絡せんとか思ってんちゃう？」

「まさか」

はっと鼻で嘲笑《あざわら》った。

葛葉がそんな性格ならば、俺はこれほど気をもまなかった。どれだけやめてくれと懇願しても、葛葉は俺とかおりの時間を邪魔し、破局に導こうとし続けるだろう。

「……なんなん、どしたんゆうくん」

自分のペースに俺を巻き込めないことを察したのか、葛葉が訝しむ。眉根を寄せて俺の心の中を探るようにまじまじと見つめてきた。

葛葉の大きな瞳の中に、俺が映り込んでいる。もう、目をそらしはしない。目を合わせたまま、なあ、とタバコの灰を灰皿に落とす。

「葛葉、もう、俺に連絡せんとってくれ」

「は？　なんで？」

「俺は、かおりと結婚する」

昨日、そう決めた。なにがあっても、かおりを大事にしようと。ふたりにとって心地のよい家を作っていこうと。自分のためにもかおりのためにも、そう思ったのだ。

かおりがもう、悩まなくていいように。

かおりが自分を責めるようなことがないように。

すべてを吐露してくれたかおりを抱きしめて『そんなん、気にするわけないやん』と言った。自分はただ、かおりがいてくれればいいんだ。そばにいてくれたらいい。

ほかのものはなにもなくていい。

「そんなんうまくいくわけないやん。だってゆうくん最低やもん」

たしかにそのとおりだ。

葛葉はテーブルに肘を突いて身を乗りだす。

彼女の瞳からは、俺への愛情は微塵も感じられなかった。憎しみしか感じ取ることができない。その瞳を、凪《な》いだ気持ちで見返した。

「ゆうくんは年下の彼女におごらせ、デートをドタキャンし、連絡したら怒り、会えないって言ったら別れるって脅して、人のことを奴隷みたいに扱う、でも外面だけはいい、そんな最低な人間なんやもん」

こうして羅列《られつ》されると、まさしくクズだな。

思わず口角が上がる。

「たしかに葛葉とつき合っていたときは、俺の最低さが露見してたな」

「……なに開き直ってん」

「開き直ってるわけちゃうけど。ただ、そうやったなと改めて思ってるだけや。今までずっと、葛葉以外にはまともな彼氏やったと思っててん。でもちゃうかった。いつだって俺は最低やった。振る舞いかたが違っただけで」

葛葉は不満げに目を細めた。

「でも、かおりとおったら、最低な俺でもマシな人間になれる」

そう言うと、葛葉は呆れたように肩をすくめた。そして、なあ、と俺の手を取り指先を絡めてきた。

「じゃあ、かおりはそのゆうくんの本性を知ってるん？」

「知らんやろな。知らんままでいてもらいたいな」

「ゆうくんはその本性をこれから一生隠しとおしていくん？　あたしのこともいつまでも隠しとおせるって思ってるん？」

葛葉の指先が、つい、と俺の指先を撫でた。

「なんでも知ってるあたしのほうがええやん、楽やろ」

「違う」

葛葉と一緒にいることは苦痛でしかない。比較にもならない。

隠し続けることはたしかに簡単ではないだろう。けれど、かおりと一緒にいるためならば、ちっとも苦しくはない。元はといえば自分のせいだ。

それに、その過去がなければかおりに出会うことはなかった。

この先、秘密が苦しくなったとしても、揺るがないものがある。

「俺とお前は、一緒におったらあかん」

それだけはだめなんだと、わかる。

「お前とおると、俺はまた最低な男になる。だから、葛葉とはもう会わん」

「は、はは、なにそれ。あたしのせいにする気なん？　さすが最低男やな」

葛葉はぱっと俺の手から自分の手を離し、タバコを摑んで紫煙を吐きだした。

目の前にいる葛葉は、俺の記憶の中の葛葉とは違う。大人になり、昔のように俺に依存するようなそぶりは見せない。かといって、放って置いてもくれないけれど。

窓の外では冷たい風が吹き荒れているらしく、カタカタと硝子《ガラス》がかすかに揺れた気がした。高校生だった頃、こんな寒い日の中、葛葉を一時間も二時間も、待ちぼうけをさせていたことを思いだす。

「わかってる。それでも、一緒におったらあかん相手ってのは、おるんや。それが、俺にとっては葛葉やと思う。たぶん、葛葉にとっても、俺はそういう相手や」

つき合っていた頃の俺たちは共依存の関係に近かった。そして、今の葛葉がこれほど攻撃的で、俺が葛葉に嫌悪を抱くのも、きっとお互いのせいだろう。

俺が今見ている葛葉が、葛葉の本性の、すべてではないはずだ。

その証拠に、葛葉の瞳が揺れている。

けれど、今の葛葉が本当に俺のことを好きだとしても、本当の葛葉がどんな性格であったとしても、それは――俺にとっては迷惑でしかない。過去がきれいさっぱりなくならない限りは、無理だ。

「俺らは、俺らのためにも、一緒におらんほうがいい」

「うぬぼれんとってくれへん？」

がんっと、叩きつけるように葛葉のタバコが灰皿に押しつけられた。

「あんたなんかがあたしのなにかに影響するわけないやろ」

すっくと立ち上がった葛葉は、吊り上がった目で俺を見下ろした。まるで、蔑《さげす》まれているようなそれに、目を瞬かせる。

「もうええわ」

カバンを摑んで葛葉が店を出る。

なにが葛葉の逆鱗《げきりん》に触れたのかわからず、茫然と葛葉の背中を見送った。端から見れば喧嘩をしたカップルにしか見えなかっただろう。店内にいるすべての人が、俺にちらちらと視線を向ける。

まあ、ええか。

この状態がどういうことかはよくわからないけれど、もう葛葉から連絡はないような気がする。ただ、葛葉がすべてをかおりに言う可能性はある。そのときどうすればいいのかは、考えたくもない。

ただ、なにがあっても、かおりのことを最優先にしよう。

昨日の決意を脳内で繰り返し、ひとりで頷く。

かおりは飲み会なので今日は夜中まで帰ってこないだろう。まだ時間は二時半。久々に自分の家で、最近怠けていた片付けをして時間を潰すか。年末も近いし、気分的にも、いらないものを処分しすっきりしたい。いや、その前に——と、伝票を掴もうとテーブルに手を伸ばす。

そこには、葛葉の使っていたＺＩＰＰＯがぽつんと取り残されていた。

「く——」

今ならまだ間に合うだろう、と追いかけようとしたその足は、地面にへばりついて離れなかった。

今ここで再び顔を合わしてしまうと、すべてが台無しになるかもしれない。

大事な物であれば、この店に置き忘れたんじゃないかと葛葉は取りに来るだろう。

わざわざ俺が追いかけて届けに行くほどのことじゃない。

ここに、置いていけばいい。

掌《てのひら》の中にあるＺＩＰＰＯを見つめる。そして、それをコートのポケットに入れて店を出た。

その理由は、自分でもよくわからなかった。

ドアを開けると、かおりが「おかえり」と、いつものように出迎えてくれた。

「ただいま」

時間はすでに深夜の一時を回って、日付は二十四日のクリスマスイブになった。

十二時前に帰宅したというメッセージをもらって、いても立ってもいられずかおりに『今から会いたい』と電話をし、タクシーに乗ってやってきた。

「女子会楽しかった？」

「せやな。久々に会えてよかった」

お酒を飲んでいたからか、かおりの頬が少し赤い。

こうして笑いかけてくれることがうれしい。この家に、かおりのいる場所に「ただいま」と帰ってこられることがうれしい。

かじかんだ手を、ポケットの中に入れる。小さな箱に指先が触れた。

このままふたりで眠り、夕方まで一緒に過ごし、食事をしに出かける。ホテルのディナーのあとはそこに宿泊し、そこでプロポーズをしようと昨日、決意した。

けれど。

「かおり、結婚しよう。結婚、してください」

指輪の入ったケースを取りだし、そう言った。

「勝手に選ぶんはどうかなと思ってたんけど、まあ、形だけでもかっこつけたくて」

おまけにそんなにいいもんちゃうけどな、と言うと、かおりは笑った。涙を流しながら、俺にそれを左手の薬指にはめさせてくれた。

かおりがいてくれるだけでいいんだ。

かおりのいるところが、自分の帰りたい場所だと、そう思うから。


次の日、葛葉の両親が、葛葉のスマホにたった一件だけ登録されていたかおりの連絡先に電話をかけてきた。

そこで、昨日の夜中、葛葉が車の運転中に衝突事故を起こし、亡くなったと知った。高速道路で壁に激突し、即死だったという。飲酒運転だったうえに、タバコに火を点けようとしたのではないか、とのことだった。幸いだったのは被害者が葛葉本人だけだったことだ。

同時に、葛葉に六歳の娘がいたことを知った。

葛葉のＺＩＰＰＯの存在が、俺の体をずしりと重くさせた。

◇

蘇った記憶に、こめかみが痛む。

「どうしたん？　遊」

「あ、いや。仕事忙しかったから疲れたまってるんかな。今日は先寝るわ」

心配そうにするかおりにそう言ってひとり寝室に入った。

かおりに聞こえないように押し入れの戸をそっと開け、中にある収納ケースの抽斗を取りだした。その奥に、そっと置かれているZIPPOを手に取る。

あのあと、葛葉はネグレクトだったことを知り、痩せ細った舞香をかおりと相談して引き取ることに決めた。いや、舞香が健康に育っていたとしても、お互い既にそうすることを決めていたように思う。

かおりはただただ純粋に、舞香のためを思ってのことだろう。そして、長年会っていなかったとはいえ、自分の子どもを傷つける人だったとはいえ、変わらない大切な幼なじみのために、そうしたのかもしれない。

俺は、かおりのためだけだった。

もちろん、あの葛葉の子だと考えると不安はあった。けれど、かおりが望むのならば、そんなものは些細《ささい》な問題でしかない。

それに——。

葛葉の事故は、飲酒運転が原因だった。けれど、運転しながらタバコを吸おうとしたのが本当であれば、葛葉はその瞬間、ZIPPOがないことに気づいてカバンの中を探していたのかもしれない。

俺が葛葉を追いかけてこのZIPPOを渡していれば、葛葉は死ななかったのかもしれない。

——俺が、葛葉を殺したのかもしれない。

唇に歯を立てて小さく頭を振り、ZIPPOを元の場所に戻す。そして、そっと舞香の部屋に入った。

舞香は、ドアをけっして閉めず、俺やかおりの言うことを素直に聞いて、いろんなことを手伝ってくれる。葛葉の面影を残しながらも、葛葉とはまったく違う。この六年間で、ときおりかおりのような一面を感じることもある。

「……ん？　お父さん？」

じっと見つめていると、まるで視線に気づいたかのように舞香が瞼《まぶた》を開けた。

「悪い、起こしてもうたか？」

膝を突いて舞香の髪の毛に触れる。

「うん、大丈夫」

目をこすりながら舞香がころんと横を向いて俺と目を合わせた。

「……お父さん、どうしたん？　大丈夫？」

「ああ、なんもないで」

舞香に気づかれるほど、今の俺は変な顔をしていたのだろうか。子どもに心配されるなんて、俺もまだまだだなと舞香に申し訳なくなる。

でも、同じくらい舞香のやさしさが胸に染みる。

もしかしたら実の母親を殺したのは俺かもしれないのに。

そして——俺は今、それをよかったと思っている最低な人間なのに。

でも、俺が最低だから、今の三人がいる。俺は、大事な物をちゃんと、守れたんじゃないかとそう思うから。

「舞香」

名前を呼ぶと、ん？　と舞香がベッドの上で首をかしげた。

「人の好意が迷惑でも、そうでなくても、どっちでもええんちゃうかな」

なんの話をしているのか舞香はすぐに理解ができなかったらしく、しばらくきょとんとしていた。けれど数秒後に「あ、ああ」と目を見開く。

「そっか。お父さんが、そう言うなら、ええかな」

ふにゃりと頬を緩めたけれど、おそらくよくわかっていないだろうなと思った。

「自分にとって大事なものがあれば、その大事なものを守るために、邪魔やなと思うもんもあるかもしらんからな」

まるで、自分に言い聞かせているみたいだな、と思った。そう思うことで、俺は俺を正当化したいだけなのかもしれない。

「……じゃあ、わたしも、好意が邪魔やなって思うのは、自分にとって大事なものを守るため？」

「かもしらんな」

曖昧な俺の返事に、舞香はしばらく考え込む。

そして、

「わたし、隆史と楽しく過ごす時間が、大事なんかな」

と言った。

父親としてその言葉をどう受け止めるべきかわからず、もごもごと言葉にならない返事をする。それは、それほどその隆史とやらのことが好き、ということなのでは。

そう思ったけれど、舞香がそのことに気づいていないならばわざわざ俺が言うことはないだろうと言葉にはしなかった。

「隆史がわたしを好きやと、隆史のことを好きな女子から目の敵にされるんがいややなって思っててん。そうなったら、隆史と遊びにくくなるかもしらんやん」

そうか。

「だから」

「話は明日聞くから、今日はもう寝」

これ以上はあまり聞きたい話ではないなと、すっくと立ち上がった。

「さっき、ママの夢見てん」

その声は、まるで独り言のようだった。目をつむって、舞香はぼそぼそと口だけを動かす。

「ママみたいな人に好かれた人は、大変そうやな」

そう呟くと、舞香はすとんと夢の世界に落ちたのか、心地よさそうな寝息をたてはじめた。

そうやな。

誰にも聞こえないように、心の中だけで返事をした。

──『ゆうくんはその本性をこれから一生隠しとおしていくん？』

葛葉が俺の耳元で、そうささやいた気がした。

ああ、そうするつもりだ。

かおりを守りたいから。それは一周して、俺のためになるから。

「おかえり」と、笑顔で出迎えてくれる場所を、俺は俺のために守りたい。

どれだけ苦しくても、その一瞬のためならいくらでも耐えられる。

3 「いってきます」の約束を交わして

小学生から中学生になると、途端に景色がかわった——気がする。

「まーいか、なにぼーっとしてんの」

授業が終わって帰り支度をしていると、ぽんっと肩を叩かれた。振り返ると宇田《うだ》ちゃんが仁王立ちをしてわたしを見下ろしている。背が高いので迫力があり、その堂々とした姿に、つい、ふふっと笑ってしまった。

「別にぼーっとしてへんよ。帰る準備してただけ」

「なら、もっとキビキビ動かんな」

キビキビとは。

「宇田ちゃんは今日部活は？」

「今日は休みや。テスト終わってすぐ部活とか無理無理」

やっと二学期の期末テストが終わった今日は、パーッと遊ぶつもりなのだと言う。

「で、舞香は暇かなと思って」

「あー、ごめん。今日は隆史と約束してんねん。新しいゲームを家でやろうって」

そう言って断ると、

「相変わらず仲ええなあ。幼なじみってすごいな」

と、宇田ちゃんが、感心したように言った。

中学生になって約半年。入学した頃は小学校時代とたいしてかわらない日々が待っているのだろう、と思ったけれど、それはいい意味で裏切られた。

中学は、わたしの通っていた小学校だけではなく、別のふたつの小学校の生徒も進学してくる。つまり人数は一気に三倍近くなった。そのため、わたしは〝女子に話しかけられないぼっち〟ではなくなった。

たぶん、宇田ちゃんと最初に親しくなったのもよかったのだろう。

『あんた、めっちゃかわいいな』

教室で、宇田ちゃんはわたしにそう話しかけてきた。面と向かって女子から〝かわいい〟と言われるのははじめてのことで、どういう返事をすればいいのかわからずぽかんとしてしまった。すると、宇田ちゃんは、

『なに放心してん。あはは』

と豪快に笑いだしたのだ。

それから、宇田ちゃんは毎日わたしに話しかけてきた。いつのまにかわたしを『舞香』と呼び、わたしは『宇田ちゃん』と呼ぶようになった。

宇田ちゃんはクラスで、いや、学年で一番背の高い女子だ。モデルのように手足が

長く『この体型やから中学に入ったら絶対バレー部入るつもりやってん』と言って入部し、今ではエースの座についている。今年の夏の試合でも、宇田ちゃんは一年生でひとりだけ試合に出て、活躍したらしい。とはいえ、三回戦で負けてしまったけれど。

とにかく、宇田ちゃんは目立つ。身長だけではなく豪快な立ち振る舞いも加わり、学年で最も有名な女子生徒だと思う。女子にはときおり王子さまのようなやさしくて甘いセリフを口にしたりもするので、女子人気がとにかく高い。

そんな宇田ちゃんと親しくしているからだろう。クラスの女子は、わたしに気さくに話しかけてくれた。当時、わたしと目すら合わせてくれなかった同じ小学校に通っていた子たちも、過去のことは忘れたかのように。

とはいえ、友だちが増えた、と自信満々に言えるほど、クラスの女子と深い関係にはまだ慣れていない。

それでも、中学生活はそれなりに楽しく過ごせている。

ただ、最近は少し、調子が悪い。

ずっと、すっきりしない気分が続いている。

テスト中だからかな、と思っていたけれど、終わった今もちっともかわらない。

「舞香」

隆史が教室のドアからわたしの名前を呼んだ。

「じゃ、ごめんな宇田ちゃん」

「ええよ。また明日な」

ひらひらと手を振って宇田ちゃんに挨拶をし、隆史に駆け寄った。となりに並び隆史を見上げる。隆史の身長がまた伸びた気がする。

「舞香テストできた？」

「それなりやな。隆史もできたんやろ」

まあ、おれもそれなりや、と返ってくる。

隆史と再び仲良くなってから、しばらくわたしと隆史は人前ではけっして話をしなかった。ただでさえ女子に距離を取られているのに、クラスで人気の隆史とだけ仲良くしていたら、今度こそいやがらせをされるかもしれない、と思ったからだ。

あの頃は、クラスの女子が隆史に好意を抱いていることが、そして——隆史がわたしに好意を抱いていることが、すべての恋愛感情があたしには面倒だった。

隆史からは、はっきり告白されたわけじゃない。ただ、自意識過剰ではないと確信するほど隆史の態度はあからさまだった。

隆史と一緒にいるのは好きだ。

だからこそ隆史からの好意は迷惑で仕方がない。

そう思うわたしはおかしいのだろうか。

――『自分にとって大事なものがあれば、その大事なものを守るために、邪魔やなと思うもんもあるかもしらんからな』

そんなわたしに、お父さんが言ってくれた。

わたしにとって大事なもの。それは、隆史と気兼ねなく過ごす時間のことだ。大事だと思えるものが、お父さんとお母さん以外にもわたしの中に存在していた。そのことに驚き、けれど、うれしかった。

そう思うと、なんだかまわりを気にしているのがバカバカしくなった。なんで、赤の他人の目を気にしてコソコソしなければいけないのかと。だから、わたしは隆史に学校でも話しかけるようになった。

そして。

『わたし、隆史のことは親友やと思ってんねん』

と、言った。

『だから、これからも一緒にいたい。隆史と遊んでたい』

わたしの言葉に、隆史は困ったように笑って『ええよ』と答えてくれた。あのときの隆史は、きっとわたしがどういうつもりで――隆史の好意を牽制《けんせい》するつもりで――口にしたことに気づいていたのだろう。

それでも、受け入れてくれた。それが、うれしかった。ほっとした。

中学生になっても、わたしたちは毎日一緒に登校し、頻繁に放課後をふたりで過ごした。クラスも分かれ、隆史がサッカー部に入部したことで、小学生のときほどではないけれど。

つき合っているのではないか、という噂はすぐに立った。

何度かお互いに幼なじみだと否定してもしばらくは疑われたけれど、時間が経つにつれて冷やかす声はなくなった。

そして、隆史との関係を理解してもらえたかわりに、男子から告白されるようになった。興味のない、顔も名前も知らない相手から好意をもたれる意味がわからない。いちいち呼びだされたり断ったりするのが面倒なので、わたしは隆史以外の男子と極力口を利かないようにしている。

でも、隆史はそうではないらしい。

「あ、村崎、今から帰んの？」

「おう」

とおりすがりの女子が親しげに隆史を呼んだ。

隆史と同じクラスで、テニス部の泉《いずみ》さんだ。胸元まである髪の毛の毛先がくるんっと外側に巻かれている。吊り上がり気味の、大きくて力強い目をしている女子。明るくて大きな声やおしゃれに着崩された制服からは、華やかさを感じる。

「あ、今度みんなで集まろーって話してんねん。村崎も来るやろ?」

「行く行く。当然やん」

「やんな」

ふたりは親しげに話をし、泉さんは笑い声を上げながら隆史の腕に触れた。

「好きなん?」

ふたりきりになって隆史に聞くと、「なにが」と首をかしげられた。

「泉さん。仲ええやん」

隆史から目をそらし、なんでもないことのようにそっけなく口にする。

「仲はええけど。友だちやしな」

なんやそれ。

隆史のはっきりしない返事にイラッとする。好きかどうかを聞いたんやけど。っていうか好きなんやろ。

ムカムカして、しばらく隆史と口を利かないまま歩いた。隆史もなにも言わず、わたしのあとをついてくる。

いや、隆史は話しや、なに黙ってんねん。

でも、話しかけられても、わたしは無視をしただろう。話したくないから。なんやそれ。自分に自分でツッコミをいれる。

ここ最近、こんなふうにわたしの感情はめちゃくちゃだ。なんかもやもやしてて、隆史に会うとそれがイライラにかわる。

やっぱり、この前宇田ちゃんから聞いた噂話が原因なんだろうか。

――『村崎くんと泉さんがええ感じなんやって』

――『もうつき合ってたりするん？』

あのとき、胸に黒いシミがぽたりと落ちた気がした。それがじわじわと染み広がって、身体中が真っ黒になってしまっている気がする。

ポケットの中の手をぎゅっと握りしめて、この得体の知れない不快感を押し留《とど》めた。そうしないと、小六のときみたいに、わーってなりそうだから。

「舞香、どしてん」

となりの隆史が、俯いていたわたしの顔を覗き込む。突然目の前に出てきたその顔に、体を引いてしまった。

「びっくりするやん。なんもないし」

「なに怒ってんの」

「べつに怒ってへん」

ふんっとそっぽを向くと、「怒ってるやん」と隆史が言った。ちょっと呆れたような物言いに「うるさいな。隆史がしつこいからや」と睨む。

なんでこんなにイライラするんだろう。

隆史がはっきり言わないからだ。泉さんが好きならそう言って、わたしとなんか遊ばなければいいのに。わたしのことが好きだったのは一年前の話だ。べつにずっと好きでいる必要なんてない。他の人を好きになったってなんら問題はない。なのに、言わないのは、わたしに気でも遣っているのだろうか。

ああ、もういやだ。

冷たい風で頭を冷やすみたいに、顔をぐっと上げた。そして、スタスタとスカートの裾《すそ》を蹴《け》るように翻《ひるがえ》しながら大股で歩く。

「舞香、先に行くなや」

隆史が駆け足で追いかけてきた。ちらりと一瞥《いちべつ》して、再び前を向く。

「なあ、なんで怒ってるん。マジでわからんねんけど」

「だからべつに怒ってないって言ってるやんか」

嘘つけ、と不機嫌そうに言われた。

怒っているわけではない。ただ、このもやもやした気持ちをどうやって処理すればいいのかわからないから、怒るという方法を取っているだけ。

「はら」

隆史がわたしの顔を覗き込んで言った。わたしをなだめるような、どこか大人っぽい笑みを浮かべている。

「どしてん、舞香」

隆史はどうして怒らないのだろう。

自分の振る舞いを客観的に見れば、うっとうしいことくらいわかる。わかっているのにやめられなくて、それが余計にイライラする原因になっている気がする。

自分で自分にいやけが差す。うんざりだ。

なのに、なんで隆史は呆れて突き離したりせず、わたしの話を聞こうとしてくれるのだろう。

隆史はいつも、わたしの気持ちに耳を傾けてくれる。そんなことをされると、なにを言っても受け止めてくれるんじゃないかと甘えたくなる。

でも、だからこそ、そんなことをしたくないと気持ちを落ち着かせた。

歩く速度を落として、「べつになんもないねん」と拗ねたように答える。

「ただ、無理してわたしと一緒におらんでもええのにって。隆史に、誰か一緒におりたい人がおるんやったら、正直に言ってほしい。気を遣わんとってほしい」

なぜか、口にして泣きそうになった。

「用事あるときは言ってるやん、おれ」

「そ、そうやけど、そうじゃなくて」

隆史は心底わからないと言いたげに、首をかしげていた。頭にクエスチョンマークがいくつも浮かんでいるのがわかる。

「隆史は、わたしと違って友だちが多いし」

「まぁ、舞香に比べたら多いやろな」

……なんかバカにされた気がする。

「だから、そうじゃなくて！　その、女の子とも仲ええやんか、だから」

「そうか？　普通やと思うけど」

おれのクラスは男女仲いいほうかもしらんなあ、と隆史は言葉をつけ足す。

いや、そういうことじゃない。でも、じゃあどういう意味なのかも、いまいち自分でもよくわからない。

「――隆史は、わたしなんかおらんでもええんやろってことや」

「なにそれ。なんで？　なんでそんな発想に行きつくん？　つながってなくない？」

「そんなことないし！」

自分で言いながら、隆史の言うとおりだと思う。

わたしはいったいなんの話をしているんだ。

考えるよりも先に、口が勝手に動いてしまう。そしてしゃべればしゃべるほど、感情が暴走しはじめて、わたしの手には負えなくなる。

これじゃ、ママみたいになってしまう。

ああ、いやだ。いやだいやだいやだ。なにもかもが、いや。

なんで隆史はこんなわたしなんかと一緒にいるんだろう。

ほかにたくさん友だちがいるのに。隆史のことを好きな女子はたくさんいるのに。

何度か告白されているくせに。

わたしと違って、隆史はいつも誰かに囲まれている。みんなに、好かれている。

だからきっと。

「……そのうち隆史はわたしから離れるんやろ」

ならばいっそ、さっさと離れてほしい。

泉さんとつき合えばいい。

ほかの誰かだっていい。

――このまますずる一緒にいたら――。

いたら、なんや。

「なあ、舞香」

隆史がわたしの顔をじっと見つめる。真面目な表情だったけれど、どことなく頬が緩んでいるように見えた。そして、

「舞香、もしかして嫉妬《しっと》してんの？」

そんなとんちんかんなことを言った。


鍵を開けて家の中に入ると、なにかに躓いた。

「わ、わわ！」

バランスを崩して壁に手をつき踏ん張る。

いったいなんだと足下を見れば、ミカン箱サイズの段ボールが置かれてあった。なんでこんな邪魔なところに、と舌打ちをする。けれど、普段なら気づくはず。それくらい怒りで視野が狭くなっていたらしい。

ああ、もう。全部隆史のせいや。

「おかえり」

仕事部屋からお母さんが顔を出す。

「早かったな、今日は隆史くんと遊ぶんちゃうかった？」

「……なくなった」

隆史に意味のわからないことを言われてすぐ、わたしは隆史に背を向けて、逃げ帰ってきた。ゲームどころではない。隆史と一緒にいるなんて耐えられない。

ふてくされた顔で返事をすると、お母さんが「ふうん」とだけ言う。なにやらうれしそうな顔をしていて、子どもっぽい仕草をした自分が恥ずかしくなった。

「っていうかお母さん、これなに」

話題をかえようと段ボールを指さす。するとお母さんは「大事なもんやけど、見たらむかつくからそこに置いてんねん」と言って顔をしかめた。どういうことかと首を捻《ひね》り、段ボールに貼りつけられている伝票を見る。

差出人は、岸原勝世《きしはらかつよ》。岸原、と小さく声に出してから、息を呑む。

「舞香の――葛葉の父親からの荷物」

そうだ。六歳までのわたしの名字だ。

「葛葉の私物が引っ越しのときに荷物に紛れ込んでたのを発見したので送ります――って手紙が添えられてたわ。あなたが持っていたほうがいいでしょうとかなんとかきれいごと並べてたけど、邪魔やっただけやで、絶対」

お母さんにしては珍しく辛辣《しんらつ》な言いかただった。

「ま、勝手に捨てんかっただけマシやけどな」

段ボールの前にしゃがみんだお母さんは、箱を開ける。すでに中身を確認していたらしく、卒業アルバムらしきものや、ごちゃごちゃがちゃがちゃとした文具などの中から、迷うことなく数冊のノートを取りだした。

「はい、これ」

なぜかわたしに差しだされ、とりあえずそれを受け取る。なんだろうと中を開こうとするけれど、

「葛葉の日記」

と言われて手が止まった。

ママの、日記？

この中に、ママの過去が、ママの気持ちが、残っているってこと？

「お母さんは、見たん？」

「……いや、一ページ目でやめた。私は、見たらあかんような気がしたから。人の日記は、勝手に見たらあかんやろ」

「じゃあ、わたしも見たらあかんやん、それ」

せやな、とお母さんが苦笑する。けれど、

「でも、舞香は葛葉の記憶あんまりないんやろ。舞香は娘やし、ええんちゃうかな。まあ、見ないとあかんもんちゃうから好きにしたらええよ。どっちにしても舞香が持っておくべきもんやと思うから、渡しとく」

ほかにも気になるものがあれば箱の中から好きに探してええよ、と言われた。それを断り、自分の部屋に入る。そして、五冊あったノートを机の上に置いた。

イスに座って、そのノートをじいっと見つめる。

お母さんは、ママのことを語るとき、愛おしそうに、懐かしそうに目を細める。どうしてママのことをそんなふうに思いだせるのかわからなかった。わたしが憶えているママと、お母さんが思いだしているママは別人なのではないかと思うくらいだった。

このノートの中には、わたしの中のママとお母さんの中のママの、どちらがいるのだろう。

もしかしたらわたしの本当のお父さん――パパのことも書かれているかもしれない。

今まで気にしたことがなかった、といえばウソになる。

でも、これを見て、読んで、いいのだろうか。

怖い。でも。でも。

ミドリがそばに寄ってきて、わたしを勇気づけるように「にゃあ」と鳴いた。

ゆっくりと手を伸ばす。

そして、表紙をめくった。

◇

あたしの〝葛葉〟という名前は、兄が考え、両親が漢字を当てたらしい。

由来は、あたしが生まれた日、秋に置いてけぼりにされたような一枚の枯葉が地面に落ちていたからだという。

枯葉、落ち葉、ゴミ、そして——クズ。

兄の連想ゲームで、あたしの名前が決まったという。

小学生の頃、両親と兄が、あたしのいないリビングで楽しそうに笑いながら話していたのを聞いた。


愛しかたがわからないのは、誰もあたしを愛してくれんかったからや。

だから、詐欺師のようなクソ男にばっかりひっかかるんや。

高校に入学した頃は、一年もあればまともな男に出会えると思ってたんやけどな。

二年の十一月現在、全然あかんやん。

廊下でミントガムをくちゃくちゃと噛みながら思った。あたしの目の前には、涙を溜《た》めた目を吊り上げて睨みつけてくる、あたしと同じ二年生の女子がいる。名前はわからん。興味ないし。ただ、彼女の黒髪ストレートはつややかでええなと思った。

あたしの髪の毛は毛先がボロボロだ。自分でブリーチをしたから、色ムラもひどい。やっぱり一回バッサリ切ったほうがいいんかなあ。でもなあ。美容院って高いんよなあ。それに、これから本格的に寒くなるから、首元は保護しておきたい。

「話聞いてるん、岸原さん」

女子が声を荒らげる。女子の怒った声ってすごい耳障りやな。

「聞いとるよ。あんたの彼氏を奪ったのかっていう話やろ。奪ってへんって。ただちょっと遊んだだけや。変なこともまだしてへんよ」

これからするつもりやってんけど。

っていうか彼女がおるなんてあたしは知らんかってんけど。

「そんなん信じられるわけないやんか！」

「そんなこと言われてもあたしにはそれ以上言えんわ。でも、あんな男やめといたほうがええと思うで。クソ男やから」

「勝手なこと言わんといてよ！　あんたが強引に言い寄ったんやろ！」

なんでそんなことになんねん。

と思ったところで、クソ男があたしを悪者にして彼女に説明したんやろうと気づく。マジクソやん。びっくりするわ。

「あんたみたいなん、絶対幸せになれんからな！」

歯を食いしばって、名前も知らない女子はあたしに呪いの言葉をかけた。そして、キッと効果音が聞こえてきそうな勢いであたしを睨み、背を向けて去っていく。

ああ、面倒やな。なんでこんなことになったんや。

昨日クソ男と一緒に西大寺《さいだいじ》を歩いてたん、誰かに見られたんやろな。だから奈良はきらいやねん。どこを歩いてても誰かに見られるし、それが瞬く間に広がる。奈良みたいな田舎、今すぐ出ていきたい。

っていうか、なんであたしに言い寄ってくる男はクズ男ばっかりなんや。まともな男はこの世に存在せえへんのちゃうか。

「葛葉、また人の彼氏取ったん。教室までふたりの会話、響いてたで」

教室に戻って席に着くと、かおりがとなりのクラスからやってきてあたしの前に座った。

相変わらず小さい目に、凹凸《おうとつ》の少ない顔。つまり地味な顔。制服もフツーに着ているだけで、なんというか、とにかく地味だ。少しくらい化粧をすればいいのに。

「取ってないし」

「やとしても疑われるようなことしたらあかんっていつも言ってるやん」

かおりはお姉さんぶった口調であたしに言う。

呆れの中に心配をまぜたような表情に腹が立つ。あたしがなんか目立つことをしたときだけ、こうして近づいてくるのもむかつく。

「ほんまにかおりは口うるさいなあ」

「そんなことしてたら誰もおらんくなるで」

あーもう、うるさ。うるさうるさ。

頬杖を突いて、うっとうしいかおりに、

「でも物好きでお節介のかおりはそばにいてくれるんやろ」

といやみを言った。勉強はそれなりにできるくせにバカなかおりは「しゃあないなあ」と眉を下げたものの、どこか誇らしげだ。バカを相手にするとこっちが損をする。やってられん。

「もうええやろ、自分のクラスに戻りや」

そう言ってかおりを追い払い、イヤホンをつける。

うるさいだけの音楽に耳を傾けて、目をつむった。まわりの雑音が、遮断される。

かおりとは、幼稚園のときからの幼なじみだ。

あの頃のあたしとかおりは、まるで双子のようにいつもくっついていた。どこに行くにもかおりと一緒で、かおりの家に泊まったことは数え切れないほどある。お互いの好きなものきらいなものはもちろん、何歳までおねしょをしていたのか、はじめて好きになったのは誰で、いつなのかも知っている。

あの頃のあたしは、かおりのことが好きやった、と思う。

かおりしかいなかったので、好きとかきらいとか、考えたことがなかっただけかもしれない。当時から、なんか合わへんな、とすでに感じていたような気もしないでもない。

あたしは大人の前ではいい子に見えるように、昔から無意識に取り繕うところがあった。そうしないといけないんだろうなと思っていた。かわいいね、と言われたら、かわいくいないといけないいんだと。

かおりは、そんなことをしなかった。親の前でも大人の前でもあたしの前でもずーっとかわらない。真面目で、間違ってると思ったら相手が誰でもそれを口にして、悪かったと思ったら素直に謝る子。あたしとはまったく違う。

なのに、かおりのほうがみんなに好かれた。同い年の子たちにも、大人にも。

なんでなん。そんなんずるくない？

あたしはそのまんまやったら誰にも好かれへんのに。

おまけに、中学生頃からあたしは女子に『男の前で態度が違うぶりっ子』と陰口を叩かれるようになった。そんなん意識してなかったけど、言われてみれば、そう見えなくもないかもしれないと、なんとなく思った。

だって男子はちやほやしてくれるから、気分がよかった。一緒にいて気持ちのいい相手の前でなら、誰だって笑顔になるやんか。かわいいって言われたらうれしくてかわいい自分でありたいと思うやんか。

『そんなにモテたいん』『みっともない』『見ててなんか気持ち悪い』

クラスの女子が、あたしを蔑《さげす》むような笑みを浮かべて言った。

あたしのことがきらいなんやなとすぐにわかる。じゃあ、どうしてきらいなのか、男子の前で態度が多少違うことで、なぜきらわれなくてはいけないのか。女子の前でだけ偉そうな振る舞いをしているならまだしも。

つまり、彼女たちはあたしがモテているからきらいなんやろう。

『羨ましいんなら、みんなもそうしたらええやん』

と、言ったら、次の日から女子に無視されるようになった。

当時かおりは同じクラスではなかったので、あたしはひとりぼっちになった。でも、男子はあたしのことを〝女子たちから嫉妬されてシカトされているかわいそうな子〟と思ったらしく、ますますやさしくなった。だから、さびしいとは思わなかった。そしてますます女子にきらわれた。

なんか女子って面倒くさいな、と思った。

だったら、女友だちなんかいらんくない？

あたしを好きになってくれる人と一緒にいたほうがええやん。

そう思って今に至る。友だちにならんくても女子は面倒くさい、というのがよくわかった。結局はモテてるあたしが気に入らんだけやん。しょうもな。

思ったことを、あたしは考えることなく気がつけば口にしてしまう。

多少態度の違いはあれど、その部分は女子の前でも男子の前でも同じだ。

なのに、どうして女子は怒り、男子は笑ってくれるのか。

変なの。変すぎて、ようわからん。

だから、なんかどうでもいいかな。

かおりは、あたしと離れても楽しそうに学校で過ごしていた。かおりがひとりで廊下を歩いていれば、誰かしらが必ず声をかける。地味なくせに社交的で、先輩や後輩ともすぐに友だちになっていた。コミュ力モンスターだ。

かといって、かおりとの縁がそこで希薄になった、なんてこともなかった。ときおりかおりの家に行くこともあったし、一緒に登下校するときもあった。ただ、友だち、と呼ぶほど一緒にいて楽しい関係ではなくなっていたと思う。少なくともあたしは、楽しくなかった。

なんでだろうとか、どうしてだろうとか、そんなことばかりを考えてしまうのだ。

いったいかおりにはどういう魅力があるのだろう。

優等生タイプのくせに、全然かわいくないのに、なんでかおりはみんなに好かれるのか。なんで派手な女子や柄の悪そうな男子とも談笑できるのか。男子と仲がいいのに女子に目の敵にされることがないのはどうしてなのか。地味な顔立ちのせいだけだろうか。

『葛葉、人は鏡なんやで』

かおりがそんな話をしたのは、中学二年の秋頃だった。

突然、かおりはお昼休みになるとあたしの教室に来てお弁当を広げ、授業が終わると一緒に帰ろうと迎えにくるようになった。誰かにあたしが女子からきらわれていてひとりで過ごしていることを教えてもらったらしかった。あたしからは話していない。自分からそんな話をコミュ力モンスターのかおりに言うわけがない。っていうか、あたしはかおりに自分のことを話さない。

そもそも、女子にきらわれはじめて一年以上経ってから気づくなんて、かおりはやっぱりアホなんやなと思った。

それだけ、幸せな環境にいるんやろうなあ。

『鏡ってなんなん、それ』

『自分が相手のことをきらってたら、相手からきらわれるし、相手を好きやったら愛情が返ってくるねん』

『そんなわけないやん。アホらし』

まるであたしが女子たちのことをきらっているから悪いみたいな言いかたにカチンとくる。人が鏡であれば、あたしが女子たちをきらっているのは、女子たちがあたしをきらいだからだ。男子とは仲良くできるのも、男子はあたしをかわいいと褒め称《たた》えてくれるから。

『べつに友だちなんかいらんし』

『そんなさびしいこと言わんでよ』

『さびしないし』

かおりにかまわれればかまわれるほど、むしゃくしゃして態度が悪くなる。なんでこんな八つ当たりみたいなことしてるんやろ、と自分にもムカムカしてくる。けれど、あたしがどんな態度でも、かおりはあたしを突き放したりはしなかった。それが余計に女子たちには、特にかおりと仲がいい子たちにはおもしろくなかったらしい。

『なんであんな子のことかまうん』『もうええやん』『無駄やって』『もうかおりが気

にすることないで』『相手にすんのやめや』

かおりがそう言われているのを聞いたことがある。おそらくあたしに聞かせようとして女子たちは大きな声で話していたのだろう。

けれど、かおりはけっしてその言葉に頷かなかった。

ときにあたしのことを悪く言う女子に、

『そんなふうに言わんといて』『葛葉は本当はめっちゃいい子やねん』『私と葛葉は親友で、家族みたいな関係やから』『私は葛葉が好きやねん』

と答えていた。

そんなかおりに、あたしは余計に腹が立った。

なにが家族だ。ただの幼なじみのくせに。

血のつながらへん他人が家族になれるわけないやん。

高校も、本来なら別々になるはずだった。あたしとかおりの偏差値は違う。かおりはあたしよりふたつくらいレベルの高い高校に行けたはずだ。

なのに、かおりはあたしと同じ高校を選んだ。

なんでそんなことするん、と聞くと『だって制服がかわいいやん』と言われたけれど、本当はあたしのためだったに違いない。

恩着せがましくて、おせっかいで、すごくうっとうしい。

かおりのことをきらいなわけじゃない。家族ではないが、あたしにとって一番距離の近い相手なのは間違いない。

だからこそ、憎らしくなる。

かおりはいつだってあたしのことを最優先にし、気にかける。

けれど、片手間にかまわれているような気がしていた。

だってかおりには、ちゃんと友だちがいる。

その時間の合間に、あたしのことを心配する。

かおりはいつだって、そんな感じがある。

恵まれている者の、余裕。

けっしてあたしとかおりは、同じ土俵に上がれない。

それは、友だちと呼べるような関係なんやろか。


あたしが、かおりにとって気にかける必要のない存在になればいい。

高校に入って、男子に告白されたときにそんなことを思った。

それまでも何度か告白されていたのに、どうして気づかんかったんやろう。女友だちはできそうにないし、あたしも無理して作ろうとは思わへん。なら、彼氏がそばにいたらいいのでは。それに、彼氏ならあたしをきっと特別にしてくれる。

――と、思ったんやけどなあ。

初めての彼氏にはつき合って一ヶ月後に浮気をされた。ふたり目は三週間で逃げられた。三人目は電車で出会った他校の男子で二週間後にあたしのほかに三人も彼女がいたことが発覚した。四人目の彼氏はバイト先のコンビニで出会った大学生で、三ヶ月つき合ったけれど何度も手を上げられた。しかも最終的に『飽きた』と捨てられた。五人目は誠実そうな先輩だったけれど、あたしと二ヶ月つき合っていられるかと友だちと賭けをしていた。それでも、二週間でフラれた。六人目になりそうだった男は、本命の彼女がいたらしい。それはつい今しがた回避できたけれど。

なんなん、彼氏を作るんも難しすぎるやん。

っていうか、二年になった頃からどうやらあたしは軽い女やと思われているらしく、女子だけではなく男子からの視線もあまり好意的ではなくなってきた。

気がつけば、女子も男子もまわりからいなくなった。

学校では、いつも不機嫌な顔をしながら、ひとり音楽を聴いて時間を潰している。

あーあ、つまらんな。

なんであたしの人生こんなハードモードなんやろ。

ちらりと廊下に視線を向けると、かおりがあたしのクラスの安藤《あんどう》と立ち話をしていた。去年同じクラスだったらしく、ふたりは仲がいい。

安藤は、まあまあ整った顔立ちをしている。めっちゃかっこいい、とまでは言えないけれど、まあ、悪くないんちゃう、て感じだ。

かおりには男友だちもいるけれど、安藤と話しているときのかおりは、ちょっとふわっとした空気をまとっている気がする。片想いのときのかおりの空気だ。昔からかおりは好きな男子と話すとき、いつもちょっとそんな感じになる。けれど、かおりはいつもそれを認めない。

前に一度安藤のことをからかったことがあるけれど、『友だちやし』と言われた。そんな見え見えのウソをつかんでもええのに。昔からいつもそうだ。好きな人ができてもそれを認めないし、なんの行動にも起こさない。そんなことやからいつも片想いのまま終わるねん。アホや。

かおりと安藤を眺めていると、かおりの友だちらしき女子三人が、ふたりの会話に混ざる。そこにまた別の男子も。かおりを中心に、輪が大きくなっていく。

かおりの人生はイージーモードだ。

なんなんやろな、この差は。

安藤への気持ちを認めなかったことに対する不満とか、あたしとかおりを比較したときに感じる嫉妬とか、あたしと別世界で生きてきたんだと思わずにはいられないほどのかおりの楽しげな様子への憎しみが、ぐちゃぐちゃのドロドロになって体内で勝手にうごめきだす。

こういうとき、あたしはいつもなにも考えられなくなる。

本能のままに動いてしまう。

後悔することがわかっていても、やめられない。止められない。


朝、目が覚めると、体がずしりと重たかった。スマホのアラームを止めて、のろのろと体を起こし、一階の洗面所に向かう。そして、リビングで両親と兄が話している声をかすかに聞きながら、顔を洗い部屋に戻る。

部屋に戻ってカーテンを開けると、ほこりがキラキラと光を反射させた。なんとなく空気も悪い気がする。前に掃除したのはいつだったっけ。ほこりを取れるお掃除シートはまだ残っていただろうか。確認しないとな、と思ったものの、面倒くさくてやめた。どうせなくても買うお金を持ってないし。せめて空気を入れ換えるために窓を開けて家を出たいが、それもできない。

クローゼットに入れておいた制服を取りだし、鼻をひくつかせてから袖を通した。そして再び制服をにおう。ほこりを払おうと肩を叩くけれど、余計にほこりが舞うのですぐにやめた。外に出てからにしたほうがいい。

……大丈夫、だと思う。

部屋に鏡がないので、視線を落として自分の姿を確認する。すんと匂いを確認し、二度ともなにも感じなかったことに安堵した。今日は大丈夫だろう。たぶん、昨日も大丈夫だったはず。けれど、我慢できずに置いてあった消臭スプレーを手にして服に振りかける。ミントの爽やかな香りにほっとして部屋のドアを閉めた。

リビングではまだ、家族がのんびりと朝食を食べていた。コーヒーの香りが届く。それにパンの匂いも。ただ、振りかけたばかりのミントの匂いに邪魔されて、おいしそうなのかどうかはわからなかった。

声を発することなく無言で家を出ると、ちょうど向かいの家のおばさんが犬を散歩に連れて行くところだった。ぺこりと頭を下げると、同情のこもった視線でなぜかうんうん、と頷くような仕草が返ってくる。

ウザイ。

これだから、奈良はきらいなんや。ああもう早く、違う場所に行きたい。だれもあたしのことを知らん場所がいい。難波まで電車で一本で行けるから田舎というほどではないけれど、それでも、大阪に比べたら人と人の距離が近すぎる。

こんな場所いやや。

――でも、あたしはどこにも行けない。

だから、居場所を作りたくなる。

バス停でバスを待ちながら、今日はどうしよっかなぁと考える。学校に行くべきだけれど、誰にも会いたくない。かといって家には戻れないし、ここに居続けるわけにもいかない。しばらくしたら父か兄がやってきてしまう。

とりあえずバスに乗るしかないので乗り込んでから、二つ目の停留所で気分が悪いフリをし降りた。大通りに背を向けて歩き、途中にあった公園のベンチで腰を下ろす。

ここはあたしがどうしても学校をサボりたいときに時間を潰す場所だ。公園のまわりにはたくさんの木々が並んでいて、ベンチに横たわると外から見えることはない。遊具はなにもないので、滅多に人が来ない穴場でもある。午後になると子どもたちが遊びに来るので、午前中だけ。

まあ、学校をサボったところで家に連絡はいかへんし、連絡があったところで両親はあたしを怒ったりはせえへんけれど。

ベンチでごろんと横になって目をつむった。

少し肌寒いけれど、体の芯まで凍りそうな日々にはまだ早い。日が照っていればぬくもりを感じることもある。

ずっとここで過ごしたいなーと考えてたけど、昼に近づくと、くうっとお腹が鳴った。しぶしぶ体を起こし、コンビニにでも行くか、と駅に向かって歩きだす。

菓子パンをひとつだけ買って、それを頬張りながら考える。

さて、これからどうしようか。

学校に向かったところで今からでは着くのは五時間目の途中になる。まともに授業を受けられるのは一時間だけかと思うとバカらしい。家に帰るわけにはいかないし、奈良駅周辺のカラオケやファミレスでは、お節介な人に声をかけられることもある。

そんなのはうんざりだ。

どこに。

誰も知っている人がいない場所。

人の中に、隠れられるような場所。

やっぱり、大阪しかないか。

駅に着くと学校とは反対方向の電車に乗り込み、難波で人混みに紛れた。

そのとき、

「それ、奈良の菅野高校の制服やんな。こんな時間にこんな場所おるって、サボり？」

背後から声をかけられ、振り返る。

真面目で誠実そうな見た目の男が、笑顔を浮かべて立っていた。ナンパするほど女に困っているようには見えない。

「なに？　ナンパ？」

なんやこいつ。

そう言うと、そいつのまわりにいた男子がケラケラと笑いだした。

「おい、遊、なにしてんねん」

「オレら無視してナンパしてんなや」

「あ、これナンパになるんか。気がついたら話しかけてたわ」

ほんまかよ、と思いつつも、彼の自然な振る舞いに緊張が解ける。

偽物っぽさを感じないというか、深いことを考えていなさそうな感じがしたからだと思う。


さすがに、出会ったその日につき合う、というのは初めてのことだった。

告白された相手と、というのはあったけれど、その場合相手はあたしのことを前から知っていたわけで。

ゆうくんとは、お互い初対面だった。

まあ、自分から言いだしたんやけど。

なんとなく、ゆうくんみたいな人が相手なら、あたしは期待せずに済むんじゃないかなと思った。あたしと同じようにフラれてきている人なら、もしかしたらなんか、カチッと噛み合う可能性もあるんじゃないかって。加えて、今までのあたしを知らない、というのも楽そうだなと思った理由だ。

でも、相手がかわったって、あたしはあたしなんだから、かわるわけがない。

「なんで電話出てくれへんの？」

声を荒らげると『いや、学校おるし』とスマホからゆうくんの声が返ってきた。

「じゃあせめてメッセージしたらいいやん。ずっと連絡してたのに返事もないし、なんでなん！」

なんでと言われても、とゆうくんが戸惑った声で言った。電話なのでゆうくんがどんな顔をしているのかはわからない。けれど、きっと今までの彼氏と同じような顔をしているんだろうなと思った。

いつも、誰かとつき合うと不安で頭の中がいっぱいになって、落ち着かなくなる。だから、メッセージや電話を頻繁にしてしまうし、返事がないだけで感情が爆発する。それが長続きしない原因のひとつであることもわかっている。わかっているのに、なんであたしはやめられないんやろう。

それは、この行為を悪いことだと思えないからだ。

だって心配なんやもん。仕方ないやん。

彼氏やねんから、なんとかしてよ。

あたしを大事にして、一番にして、最優先にして。

あたし以外の誰かのことなんて気にせんで。

ゆうくんがあたしのことを好きじゃないのをわかったうえでつき合ったのに、やっぱりあたしはなにもかわらなかった。

っていうか、好きじゃなくてもつき合ったなら、彼氏らしい態度を取るのが当たり前なんちゃうの。なにもしないならつき合う必要なんてないやんか。ゆうくんみたいにやさしい人なら、彼氏になったらきっともっと、やさしいはずだと思ったのに。悪い男なんかもしらんな、と言ったときのゆうくんが悲しそうやったから、愛されたい人なんちゃうかと、あたしと一緒なんかもしれんと思ったのに。

「ウソつき！　ウソつき！」

『なんでやねん。ウソなんてついてへんやろ』

「つき合ったと思ってんのあたしだけやん！　こんなんつき合ってるて言わんわ！　ウソつき！」

スマホに向かって叫ぶと『落ち着け、葛葉』とゆうくんが言った。

いやや。無理。なんも考えられん。ゆうくんを責めたいとしか思えへん。

「じゃあ今日あたしと会って！」

『いや、今日は葛葉がバイトなんやろ』

「そんなん関係ないやん！　会いに来たらええやんか！」

ゆうくんはもう受験が終わってるんやから学校を早退して今すぐ来てくれたってえやんか。あたしに会いたい気持ちがあるんなら、あたしのバイト先にも来たらいい。あたしが会いたいと言っているのだから、そうすべきだ。

『無理やって。葛葉がバイトって言うから、俺友だちと約束したし』

「はあ？　なにそれ！　なんなんあたしのせいなん？　断ればええだけやろ。友だちなんか明日も朝から顔を合わせるやろ」

いやいやいやいや、とゆうくんの小さな声が耳に届く。

『なんで毎日会わなあかんの？　っていうかそんなん無理やしさ』

「なんで無理なんよ！　空いてる時間があれば会うのは当たり前ちゃうん。会いたいもんやろ！　なんなんゆうくんあたしの彼氏ちゃうん！　ほんまは別の女と遊んでんちゃうん！　だからそんなこと言うんちゃうん！」

なんでみんなあたしを大事にしてくれやんの。

ゆうくんが希望どおりに行動してくれないと、頭に血が上って不平不満ばかりを口にしてしまう。

あたしはいつもそうだ。

一度スイッチが入ると、感情を止めることができなくなる。家族やクラスメイトには、不満や苛立ちがあっても、怒ることはない。どうせ言ったって無駄だとわかっている。どうでもいい。関係ない。

なのに。親しくなると、関係が近くなると、どうしても我慢できなくなる。

――『葛葉は一度感情的になったら止めれんくなるな』

――『ちょっと落ち着きいや』

――『それでいっつもあとから後悔して、いっつも泣いてるやん』

かおりは、喧嘩をするといつもあたしにそう言った。言われた直後は『うっさいねん』『何様やねん』『かおりがあたしを無視するからやん！』とわめき散らしていた。

けれど、悔しいことにかおりの言うことは正しい。

怒りでなにも考えられなくなった自分の行動に、いつもあたしはしばらくしてから後悔する。なんであんなひどいことを言ったんやろう。なんであんなことをしてもうたんやろう。そして泣きながらかおりに謝る。

ごめん。許して。もうしないから。きらいにならんといて。

同じようなセリフを、彼氏にも言っていた。

泣きながらすがりついて、別れないでと懇願する。

ごめんなさい、ごめんなさい。いい子になるから。

捨てないで。無視せんで。

一緒にいてほしいねん。

あたしを見てほしいだけやねん。

愛してほしいだけ。

――その言葉は、誰にも、一度だって受け入れてもらえたことはない。

それでも、たったひとりを求めてやまない。

ひとりくらいいてくれないと、生きていけない。

ゆうくんが次第にうんざりしていくのがわかった。このままではまたフラれてしまうとわかっていても、怒って、泣いて、そしてすがってしまう。

呑み込まれそうになる。

いろんな感情に、あたしが。

だから、誰かにそばにいてほしい。

あたしという存在を知っていてほしい。


「最近どうなん、葛葉」

自分の席でスマホをいじっていると、かおりがやってきた。あたしを見るかおりは、心配そうに眉を下げている。

「なにが？　なんもないし。スマホ見てるだけやん」

ちろりと視線を向けて、ゆうくんにメッセージを送る。

今なにしてる？　今日は会える？　勉強してる？

毎日同じような内容ばかりや。というかそれ以外に送る内容がない。

「また彼氏できたんやろ」

「なんなん、かおり、あたしのストーカーなん？　怖いんやけど」

「葛葉が四六時中スマホ見てるんは彼氏がおるときだけやん」

そう言われたらたしかにそうか。でも、それにしてもクラスも違うのによく気づくな。

な。今までもかおりはあたしに彼氏ができたかどうか、すぐに察していた。

やっぱりストーカーかもしらん。

普段は友だちと過ごすのに忙しそうやのに、なんでわかるんやろ。

かおりを見ていると、いろんな人と接するというのはなかなか大変そうだ、と思う。

あたしのように誰かひとりだけにかまっているわけにはいかないんだろう。

そのくせ、あたしになにかあるとすぐにかまってくる。

かおりのその、中途半端なやさしさにイライラする。

「かおりこそ最近どうなん。安藤とつき合ったん？」

「そんなんちゃうって言ってるやん」

「好きならさっさと告白しやんな、誰かに取られんで」

そんなんちゃうって、と言いながらかおりはため息をついた。そしてすっくと立ち上がり、

「最近お母さんが葛葉に会えてないってさびしがってるで」

と言った。

小学校時代はかおりの家をよく出入りしていたことを思いだす。かおりを取り巻くあたたかな家庭のことが蘇った。

「また家に来《き》いや」

「そのうちな」

素っ気ない返事をすると、かおりは諦めたかのように去っていく。その背中を見ることなく、イヤホンをして脳裏に浮かんだかおりの家族の姿を消し去った。

ゆうくんがかわったのは、それからしばらくしてからだ。

以前はあたしが怒ると困った顔をしながらも謝ってくれた。ただ、それは口先だけで、あたしの求めることを実行をしようとはしてくれなかったから、余計にあたしは怒った。そして、そのあとに謝る。

そんなことを繰り返して、ゆうくんの態度がどんどん冷たくなった。ドタキャンが

増えて、あたしに謝ることもなくなった。どれだけ声を荒らげても、どれだけすがっても、ゆうくんはまともに話を聞いてくれなくなった。おまけに、出かけるときにはあたしに支払いを押しつけるようになった。

このままじゃきっとあたしは捨てられる。

不安よりも怒りよりも恐怖が大きくなる。

だからなんでもした。断ることは一度もしなかった。突然の呼びだしに対応できるように、コンビニのバイトはゆうくんから連絡がない土日をメインにしてもらった。ご飯をおごれと言われれば素直に財布を出したし、お金がなくなってきたから土日限定でファミレスのバイトもはじめた。朝からコンビニ、夕方からファミレス。家にいなくて済むのでちっとも苦ではなかった。

ゆうくんは別れようとは言わなかった。だから、あたしが頑張ればそばにいてくれるはずだ。なにより、求められるのがあたしにはうれしかった。

今まで、愛想を尽かされることばかりだった。

ゆうくんは、そうじゃなかった。

それだけで満たされた。

ゆうくんがそばにいてくれれば、もうこれ以上誰かを求めることはしないで済む。

「葛葉、いったいどんな男とつき合ってんの」

かおりが帰ろうとするあたしの前で、仁王立ちして言った。

今度はなんだと顔をしかめる。

「バイト最近行ってないやろ？」

「マジで怖いんやけど。あたしのバイトのシフトまで知ってるん？」

「予備校の帰りに通るコンビニでバイトしてたらいやでも気づくわ」

だからっていちいち確認せんといてほしい。

かおりの横を通りすぎて帰ろうとすると、かおりはあたしのとなりに並び一緒に歩きはじめる。ついてくる気らしい。

「今まで週に何回かは夕方入ってたのに、最近土日ばっかりやん」

「べつにええやんか」

「それだけならええけど、ファミレスのバイトも土日入ってるやろ」

どこまで知ってんねん。

思わず舌打ちをしそうになる。っていうかたぶんした。

「平日はバイトせんと、土日に掛け持ちってどういうことなん」

「そういうことや。それ以上説明することなんかないわ」

そこまで知ってるんならなにが訊きたいねん。

靴箱で上靴から革靴に履き替え、そそくさと昇降口を出る。けれどかおりはすぐにあたしを追いかけてきた。

「葛葉、今変な男とつき合ってない？」

「変な男ってなんなん。よく知りもせんくせに勝手なこと言わんといてよ」

ムッとして睨みつけると「図星やろ」とかおりは勝ち誇ったような顔をした。

そんなわけないし。

そう言い返したいのに言葉が出てこない。

「葛葉、前から言ってるけど、依存するのはやめって」

依存、という単語に眉をひそめる。

冷たい風が足下を通り過ぎていき、足先がちりっと痛んだ。

「大きなお世話なんやけど」

「相手を束縛して、相手に依存して、そんなんあかんって」

そんなことしてへんし。今は。

だから依存してるわけじゃない。そのはずだ。

「他人に依存せんだって、そのまんまの葛葉をちゃんと見てくれる人がいるって」

「きれいごと言わんといてくれる？　気い悪いな」

ぴたりと足を止めて、かおりのほうに体を向けた。

目の前にいるかおりは、当たり前だけれど昔と違う。

昔はあたしのほうが高かったのに、今はかおりのほうがあたしよりも身長が高い。いつの間にか追い越されてしまった。身につけているものだって、昔はなんでもおそろいだったけれど、かおりが違うものを選ぶようになった。自分の好みを優先するようになった。

かおりは、あたしでなく、自分を選んだ。

――『私と葛葉は親友やな』

――『親友やからなんでも一緒じゃないと』

――『葛葉は前世で私と姉妹やったと思うな』

そう言っていたのに。

「たしかにきれいごとなんかも知らん。でも、私は無理をしてへん、相手に合わしたりせえへん葛葉が好きや。だから、誰かとつき合うたびに、葛葉は自分を見失ってるみたいにみえて、心配になるんや」

心配って、都合のいい言葉やな。

心配しているのなら、こんなふうに小言を言うだけではなく、普段からあたしを縛りつけてしまえばええやんか。そしたら、あたしはなにもできへん。

そんなことせえへんくせに、できへんくせに。

かおりはあたしだけじゃなくて友だちと過ごす時間のほうが好きなくせに。けれど、あたしを見て見ぬふりすることもできず、こうしてかまってくる。それは、自分がひどい人間になりたくないからや。幼なじみを見捨てない、やさしい自分でいたいだけ。つまり、かおりは自己満足のためだけにあたしに話しかけてくるんや。

口先だけの心配なんてうんざりだ。

「かおりにはあたしの気持ちなんてわからへんねんから、ほっといて」

「なんでそんなこと言うん」

「だってかおりは、幸せなんやもん。幸せに育ったんやもん」

いつもひとりだったあたしの気持ちが、かおりにわかるはずがない。

かおりの家は、いつもやさしくてあたたかかった。

かおりの両親はいつもかおりを大事に想っていた。あたしはその様子を何度も何度も見た。毎晩母親のおいしい手作りご飯がテーブルに並び、それを家族そろって食べる。妹の世話をして、母親に今日あった話をして、父親と一緒に遊ぶ。

たまに叱られたりしつつも、かおりは両親からの愛情をたっぷりと注がれて今まで生きてきた。

それは、あたしとは真逆の生活で、人生だ。

あたしは、両親に愛された記憶がない。

四歳年上の兄は、生まれる前からあたしのことをきらっていた。数年の不妊治療の末に生まれた兄は両親に溺愛《できあい》されていて、あたしの存在がなければ、兄はずっと両親の愛情を独り占めできたのにと、ずっと不満を抱いていたらしい。だからあたしは兄にとって、いらないゴミのような存在だった。

あたしを妊娠中の母親がいつもつらそうだったのもあるのかもしれない。母親が言うには、兄の妊娠中に比べてつわりが重たく、妊娠中毒症にもなったらしい。そして、最終的に帝王切開になった。なぜか麻酔が効かず、そのままお腹にメスが入ったのだという。そのせいで、母親はあたしを見ると当時の痛みを思いだすのだと言った。父親は、元々ふたり目の子どもを望んでいなかった。

くずは、という兄の考えた名前を、漢字だけはまともにしたもののあたしにつけたのは、産まれたときからあたしは両親と兄にとって、ゴミ同然のクズの葉っぱだったのだろう。

あの子は癇癪を起こすから、というのが母親の口癖だった。兄はイヤイヤ期なんかなかったのに、あたしはいつもイヤダイヤダと泣きわめき、大変だったのだと。

泣く、叫ぶ、暴れるあたしは、両親にとってとにかく面倒な子どもだったようだ。

その結果、両親と兄はあたしを透明人間にした。

幼稚園に入園してすぐ、あたしは部屋を与えられ、家にいるときはほとんどの時間をその部屋の中で過ごした。送り迎えは渋々してくれたけれど、ときに忘れられてひとりで帰ったこともある。ご飯はいつも残り物で、一日一食、晩ご飯のみ。家族と同じ食卓につくことは許されておらず、あたしは毎日、自分の部屋でご飯を口に運んだ。お風呂に入れるのは週に一度あるかないかで、服はいつも同じものを着ていた。家の中をうろうろして家族と顔を合わせるとあからさまに不機嫌な顔をされるので、トイレすらも我慢して我慢して、極力回数を減らしていた。

そんなあたしに手を差し伸べてくれたのは、かおりだ。そして、受け入れてくれたかおりの家族。あたしをあたたかいお風呂に入れてくれて、おいしそうなご飯を振舞ってくれて、やわらかいベッドの上でのんびりと過ごさせてくれた。汚れた服をいい香りがする洗剤で洗ってくれた。

小学生で、家では自分の部屋の中でしか生きることができなかったあたしにとって、かおりの家族は救いだった。かおりとかおりのやさしい家族がいなければ、あたしは生きていけなかっただろう。

けれど、そのやさしさを素直に受け取り続けることはできなかった。

成長していけば、自分がどれだけ普通ではないかを思い知らされる。

そして、かおりやかおりの家族が好きになればなるほど、自分が惨《みじ》めになった。

「かおりみたいな人間には、わからんねん」

「なんでそんなふうに言うん」

かおりが悲しそうに眉を下げる。

だって知るよしがない。

〝くさい〟と言われたことなんて一度もないくせに。

幼稚園のときに散々言われたその言葉が忘れられず、あたしは家にあったミントの消臭剤をこっそりと親の目を盗んで使うようになった。

それを全身に振りかけないと今も安心できない。

中学生に入ると、親はあたしに毎月お金を渡してくるようになった。そのかわりに、あたしになにもしなくなった。掃除も洗濯も食事の用意も。すべて自分でなんとかしろ、という意味のお金だ。そのおかげで、あたしはかおりの家に頼らずとも、なんとかひとりで生きていけるようになった。銭湯に行くとか、コインランドリーで洗濯するとか、ときには漫画喫茶でシャワーも浴びるとか。それでもあたしは、ミントの消臭剤を手放せなかった。

多めにお金だけはもらっていても、身の回りのことで精一杯だった。高校生になってバイトをはじめ、やっとスマホを持ち、たまにお菓子を買い、かおりのお古ではない服を買えるようになった。それでも、我慢しなければいけないことのほうが多い。

そんな気持ちが、かおりにわかるはずがない。

当たり前のことを当たり前にできる人間に、なれるものならなりたかった。

かおりの家で過ごすたびに、かおりが羨ましくて、憎くて、そして自分が惨めだった。目をそらしたくなるほどのあたたかな家の中で、異質な自分が恥ずかしかった。

かおりの家のやさしさは、あたしにとって残酷だった。

感情がまた、怒りに引きずられる。

「かおりが言ってるんは、死にたい人間に死んだらあかんって説教してんのと同じ。そんなん死にたい人間もわかってるに決まってるやん」

誰が好き好んで死ぬねん。

生きていて楽しければ、誰も自ら死のうとは思わへんわ。

悩みがあれば打ち明けろというのも同じだ。それで救われる人もおるかもしれん。けれど、打ち明けられへんのはなんでなのか考えへんからそんなことを軽々しく言えるんや。打ち明けられれば助けられるとでも思ってんのか。傲慢《ごうまん》にもほどがある。

「それとこれとは違うやん。ただ葛葉は葛葉らしくってそう思ってるだけやんか」

「あたしらしいってなんなん？　知らんしそんなもん。これがあたしや」

誰かに必要とされたい、あたし。それでええやん。

「誰にも愛されへんから、愛してもらいたい。それのなにがあかんの」

「誰でもいいわけちゃうやろ。無理して相手を作ろうとしてるから言ってるんやんか。

葛葉が葛葉らしくしたら、いつかちゃんと――」

そんな言葉、あたしには響かへん。

いつか、なんて言葉はうんざりや。

いつか、を待ち望んできた結果が今や。いつか、家族があたしを見てくれる。いつか、幸せになれる。いつか、この日々から解放される。でも、そんな確証のないものを待ち続けたってなんにもかわらんかもしらん。

だから、自分で行動して手に入れようとしているだけやん。

なにがあかんの。

「もうほっといてや。かおりにはわからんねんから」

冷たく言い放つと、かおりは唇に歯を立てた。けれど、あたしから目を離さない。

「そうかもしれん、けど。それでも私は葛葉を止めるで」

「うざ」

舌打ち混じりに言い放ち、かおりとは別の方向に歩きだした。

「葛葉、どこ行くん」

「誰かさんがうっとうしいから別の道から帰る。ついてこんで」

葛葉、ともう一度名前を呼ばれたが、振り返りもせずに早足で離れた。

きらいや。

かおりのことが死ぬほどきらいや。

幸せそうなかおりを、谷底まで突き落としてやりたい。泣いても叫んでも、それでもどうにもならないくらいの不幸に落としてしまいたい。

かおりの幸せを、奪いたい。

かおりの泣いている顔が、見たい。

かおりを、自分と同じかわいそうな人間にしてやりたい。


あれだけ突き放したのだから、かおりはもうあたしにかまってこんやろう。

と、思っていたけれど。

「葛葉、今日はどこに行くん」

「葛葉、一緒に帰ろ」

「今日私の家に寄りや」

毎日のようにかおりはあたしにかまうようになった。

なんでやねん。前よりひどいやん。意味がわからん。

まるであたしを監視しているみたいにべったりくっついてくる。ゆうくんからの連絡が入って会いに行こうとすると、毎回散々止められる。うっとうしいほどゆうくんの文句を言い、一緒にいようとする。

なにがしたいんかさっぱりわからん。

昔のように四六時中一緒にいるつもりなんか。いつまで続くんや。飽きるまでか。

気まぐれに絡んでくるのが一番迷惑や。なのに、かおりはほかの友だちとの約束も安藤の誘いも断り、あたしのそばにいようとする。

今日も教室を出ようとしたら、あたしを待ち構えていたみたいに廊下に立っていた。

「安藤をあんまり放置してたらフラれるで」

そう言うと、かおりは「だからそんなんちゃうって言ってるやんか」と恥ずかしそうに笑う。顔が赤いのは寒さのせいじゃないだろう。

「かおりはウソが下手やねん」

「あーもう、この話終わり終わり！」

さっさと帰ろ、と大股で歩きだすかおりの後ろを大人しくついていく。

こんなふうに毎日かおりと話をし、一緒に帰るのは小学生のとき以来だ。

むかつくのに、うっとうしいのに、かおりと話していると、かおりが笑っていると、うれしくなるときがある。

このままの日々が続けば、そのうちかおりのそばには誰もいなくなるかもしれん。

そうなればかおりはひとりになって、不幸になる。それを、期待しているからなんかな。だから、あたしは浮かれてるんかな。

「っていうか、かおりなんか顔色悪ない？」

「さすが葛葉やな。生理二日目。今回二ヶ月ぶりでめっちゃ重いねん」

　誰にも気づかれんかったのに、とかおりが言って、少し誇らしい気持ちなった。

　二ヶ月ぶりという生理のしんどさはまったく想像できへんけど、腹痛とかはないらしい。どうやら体が重いだけのようだ。

「なあ」

　マフラーをなびかせてかおりが振り返る。

「せっかくやし久々に遊びに行かん？」

「今から？　体調悪いんちゃうの」

「体調悪いから楽しいことしたいんやんか」

　そうやなあ、とかおりが腕を組んで考える。そして「奈良県民もたまには都会に出なあかんよな」と難波を指定した。あたしはちょくちょく大阪に出てんねんけど。

「しゃあないなあ。まあ、ええよ」

「難波はクリスマス一色になってるんやろなあ」

「うんざりするほどクリスマスソングが流れてるで」

　しかめっ面を見せると、かおりがくすくすと声を漏らす。そしてやさしげに目を細めた。

「今年は葛葉の誕生日会しよか」

「いらんわそんなん。小学生じゃあるまいし、ハズいわ」

そもそもあたしはクリスマスがきらいや。

なので、冬も好きじゃない。特にこの年末近くの十二月は、そこら中でクリスマスをアピールしてきて、いやでも自分の誕生日を思いだしてしまう。二十三日でクリスマスというわけではないけれど、ああ、そろそろやなと毎年意識してしまう。

家族の誰からも祝われることのない、なかったらよかったとさえ思われている誕生日だ。いや、覚えられているはずもない。そんな日、知らんあいだに過ぎ去ってくれればいいのに。

「なあ、葛葉にとって、葛葉の家族は私たちやと思ってもらわれへんの？」

かおりの質問に、なにも返せなかった。

そうであればいいと、思ったことは何度もある。

でも、違う。あたしたちに血のつながりはないし、かおりの家族はあたしの家族じゃない。憧れた。羨ましかった。そう思うのは、自分がかおりの家族の輪に入れないと感じるからや。そして、そのたびに自分の家族を思いだすから。

結局、あたしの家族は自分に無関心の両親とほとんど話したことのない兄なんや。

どれだけかおりの家族になりたいと思ってもなれへんし、そうしようとしたら今の家族とあたしのあいだにある血のつながりさえも、なくなってしまう。

なんの意味もない関係で、すでにほとんどつながりなんてあってないようなものだとわかっていても、つながっていなくてもいいような人たちだとしても、それがなくなってしまえば、あたしは本当にひとりぼっちになってしまう気がする。

「いやや、かおりがお姉さんぶってめちゃくちゃ口うるさそうやもん」

真面目なかおりをおちょくるように、眉間にシワを寄せて「あたしが姉ならなってやらんこともないけどな」と言葉を続けた。

「葛葉はほんまに意地っ張りやなあ」

「意味わからんし、もうお姉さん気取りなん？　うわー、いややわあ」

少しだけ重悲しくなっていた空気を、冷たい冬の風が吹き飛ばしてくれた。

駅に着くとちょうどいいタイミングで快速急行がやってくる。それに乗り込むと、かおりは難波でなにをするかを提案しはじめた。あたしを気遣っているのか、かおりもそれほどお小遣いを持っていないのか、ファミレスかファストフード店に行くくらいしか選択肢はなかったけど。

せっかくなので、奈良にはないちょっとリッチなファストフード店に行くことに決まった。

けれど、鶴橋《つるはし》駅に向かう途中で、ゆうくんから『難波で』という短いメッセージが届く。

まあ、しゃあないか。

「ごめん、無理なった」

「え？　なんで？　もしかして彼氏？」

かおりの顔が露骨に歪む。

「まあな。たまにしか会えんから、悪いけど彼氏優先するわ」

かおりよりゆうくんを優先すると、かおりはなんとも言えない顔をする。怒りなのか、悲しみなのか、あたしには判断ができない。

どうとでも思えばいい。どっちにしても、かわいそうだと哀れんで、これからもあたしにかまってくるんやろう。

駅に着いたので、ここでUターンするかと訊いたけれど、かおりは頭を振って「せっかくやしひとりでも行く」と拗ねたように答えてついてきた。

「っていうかさ、なんでそんな男とつき合ってんの」

待ち合わせ場所でゆうくんを待っていると、いつまで経ってもそばを離れないかおりがむすっとした顔をして言った。彼氏を〝そんな男〟呼ばわりされることは気に入らないけど、不思議と怒りは込み上げてこない。

「私のほうが先やったんやから断ったらええやん」

あたしにはどっちが先かなんか関係ない。

「いつもそんなふうに呼びだされてんの？」

かおりは不満そうに、そして怒りを込めて言った。

ここ数日のあたしの発言の端々から、ご飯をおごったり、あたしからの連絡を禁止されていたり、呼びだされたらすぐに会いに行かないといけないことに、かおりは気づいているんだろう。そう考えるとたしかに〝そんな男〟だ。そんなことは今さらだ。あたしも最近はいやと言うほど感じている。

でも、ええねん。

「葛葉、そんなんつき合ってるって言えるん？　そんな扱いされて幸せなん？」

――そんなわけないやん。

そう口にしそうになって、呑み込んだ。

「でもやさしいときもあるし」「あたしが好きやからええねん」「あたしがやりたくてやってるんやからええやんか」

そう言うと、かおりは呆れたようにため息をついた。そして見たことのないゆうくんについての文句を並べる。

「そんな葛葉が大事に思うような男ちゃうと思うけどな」

まあ、そうやろな。

「たいした男ちゃうやろそんなん」

そのとおりやと思うわ。

「しょうもない男なんか相手せんでええやんか」

かおりは正しい。

でも、ここにゆうくんが来たら、かおりは同じようなセリフを本人を目の前にして言いそうだ。

そんなことはせんでええねん。そんなややこしいことは迷惑でしかない。

「もう、かおりはしつこいな。かおりに関係ないやんか」

「関係ないわけないやろ。葛葉がそんな男とつき合ってるとか、私はいやや。ずーっと言い続けるからな。しつこくつきまとって言い続ける」

口の端が緩く引き上がっていた。それを見られないように手で口元をそっと隠す。

ああ、そうか。

自分の気持ちにそのときはじめて気がついた。けれど、だからこそ、それを悟られないようにかおりの背を押す。

「うざすぎるんやけど。なんなん、彼氏が来るまでここにおるつもり？　迷惑や」

「そんなんせえへんよ。そんな男どうでもいいし。葛葉の目を覚まさせたいだけ」

「じゃあさっさと帰りや」

そう言ってそっぽを向いた。

諦めて帰ればいい。そして、これからもしつこくあたしを説得し続ければいい。

そんな日々が続けば、あたしは満たされる。

でも、きっとそれは無理だ。そのうち終わることは間違いない。いつまでもこんな関係が続くはずがない。


ただ、思ったよりもその終わりはあっけなく訪れた。

からっぽになった部屋を見渡し、むなしさを呑み込んで立ち上がる。段ボールに入れることのできなかったミントの防臭剤を体に念入りに振りかけ、それをゴミ箱に入れてから家を出た。両親と兄とは、なにも言葉を交わさなかった。いつものことだ。

あの人たちにとってはどうでもいいことなのだろう。

明日からも、きっとあの人たちはかわらない。

高校二年の二学期が終わる。

あたしの今までの生活も、終わる。

おそらく、まだマシな日々になるだろう。そう信じたい。

終業式だけのために向かう学校までの道のりは、心がやけに落ち着いていた。冷え切った空気に頬がひりひりと痛むのも、目が覚めて気持ちがすっきりさせてくれる。それは、あたしの覚悟を後押ししてくれる気さえした。

「どういうこと？」

報告しないでいようかと思ったけれど、そうするとかおりはまたややこしい行動を──たとえば両親に突撃したり──起こしそうだ。そう思い、終業式が終わったあとでかおりにだけ伝えた。

廊下で壁にもたれかかりながら報告すると、かおりは目を丸くする。

「このままあたし、姫路《ひめじ》に向かうねん」

学校指定のカバンに、大きめのトートバッグを掲げてかおりに見せる。中身は今朝まで来ていたパジャマくらいしか入ってへんけど。

「なんで？」

「母親の実家に住むことになったから」

母親にそう言われたのは、数日前だった。

どうやらほかの手続きはあたしに報告する前に済ませていたらしい。あたしに拒否権はなかった。

祖父母と暮らすということは介護でもさせられるんかと思ったら『来年からお兄ちゃんが就職活動始まるから』『余計なことにストレスをかけたくないの』という理由だった。

余計なこと。ストレス。

家族にとってあたしの存在はそんなものだったようだ。わかっていたけど、面と向かって言葉にされるとさすがに言葉を失った。ちなみに数年ぶりの母親との会話は、終始目が合わず、母親はずっと眉間にシワを刻んでいた。

そんなにあたしと話すのがいやなんか。いったいなにがそんなにいやなんや。

今さら聞く気もないけれど。どうせ明確な理由なんてないに違いない。いじめをする子どもと一緒だ。なんとなくとか、見てるとむかつくとか。

話を聞かされたときはあまりの身勝手さに家に火でも放ってやろうかと思った。けど、当然そんな度胸はない。それに両親への怒りはもう燃えかすで、すぐにどうでもよくなった。

よく考えればあたしにとっても悪い話じゃなかった。こんな時期に転校するなんて訳有りにしか思われないだろうが、実際訳有りだ。そんなことより、この生活が終わるんだと思えば清々《せいせい》する。

一緒に暮らす予定の母方の祖父母とは、昔、小学生くらいのときに会ったことがある。なにやら母親といい関係ではないらしく、一度きりだったけれど、とてもやさしかった覚えがある。

それにちょうど、ゆうくんからも別れを切り出されたところだ。泣いてすがって、話は保留になっていたけれど、このまま終わりでいい。ここを離れるのならば、ゆうくんとつき合い続ける続ける意味はない。話をするのも面倒なので、ゆうくんからの連絡はずっと無視している。

「家族で?」

「まさか、あたしだけに決まってるやん」

は、と鼻で笑う。

やっぱりかおりは幸せな家庭で育ったんやなと実感する。あの両親が引っ越しするのなら、あたしは今の家に置いていかれただろう。

「なんでそんなことになるん!　おかしいやん!　そんなん——」

「捨てられたみたいやろ。捨てられたんやで」

かおりが途中で呑み込んだ言葉を、かわりにあたしが口にする。すると、なぜかなんとも思っていなかったのに感情が揺らぐのがわかった。

「おかしいって!　なんでなんよ!　今からでもなんとか」

「ならんって」

「でも、じゃあ、私の家に住んだらいいやんか」

「そんなことできるわけないやろ！」

声を荒らげると、まわりの喧騒《けんそう》がぴたりとやんだ。まわりにいた生徒たちがあたしたちを一瞥する。空気が凍りついたみたいに、しんと静まりかえり、妙な緊張感に包まれる。

「かおりの家に住むって。アホちゃうか。

「かおりはいつもそうやな。そんなにあたしを惨めにしたいん？」

「なんでそんな話になるん」

かおりはあたしが怒っている理由をなんにもわかってへん。

「本気で言ってるん？　かおりの家で暮らせって？　それであたしがどう思うかわからんの？　どんなけ惨めに思うか想像できへんの？」

「なんでそんなふうに思うん。昔は家族みたいやって言ってたやんか」

「――あの頃からあたしは惨めやった！」

幸せな家庭の中にいる、ひとりぼっちのあたし。

どれだけかおりやかおりの家族と仲良くしてても、自分は家族じゃないんだと、この家の誰とも血がつながっていないのだと思い知る。かおりのように軽口を叩けないし文句を言い返すこともできない。ずっと、ただきらわれないようにと意識して大人しく過ごしていた。

かおりにとっては間違いなく家族だろう。

けど、あたしにとっては〝かおりの家族〟だ。自分の家族じゃない。

「あたしはどんなけ頑張ったってかおりには勝てへんねん。あたしとかおりやったら、かおりのお父さんとお母さんはかおりを選ぶやろ」

あたしにはそれが耐えられない。

だから、自分にとっての誰か特別な人がほしかった。ありものの家族なんかに混ざるつもりはない。かといって自分の家族にも求めない。あたしだけを大事にしてくれる人がいてほしかった。

奥歯を噛んでかおりを睨むと、かおりは「だとしても」と言葉を続けた。

「私のエゴなんはわかってるよ。私は私の気持ちを優先してるだけやと思う。でも、私は葛葉に引っ越してほしくない。迎える場所があることを伝えたいんや」

「きれいごとはやめてって言ってるやん！」

それを素直に受け止めたら幸せになるとでも思ってんのか。

バカバカしい絵空事だ。おとぎ話の世界を夢見すぎている。幸せすぎるとこんなにアホな思考になるのか。

「きれいごとを言ってなにが悪いん！　きれいごとでも、それがほんまになるように努力したらええやんか。血のつながりなんかどうでもええやん。私は葛葉を家族やって思ってるんやから！」

なんでそこまであたしを気にかけるのか、まったくわからない。

幼いときから一緒だっただけだ。かおりが言っていることは、ただの同情だ。

友だちに同情される気持ちは、なんて気分が悪いんだ。

「好きやったら信頼関係が築けるって思ってんの？」

「そうや」

「じゃあいいこと教えたるわ。かおりが信頼してくれているあたしは、かおりが好きな安藤とセックスしたで」

言葉を発した瞬間、かおりは間髪を容《い》れずにあたしの頬をはたいた。

廊下に乾いた音が響き渡る。

「は、はは、怒ってるやん」

「そら怒るやろ！　なんなん葛葉は！」

「めっちゃ反応早いやん」

頬の痛みが心地よかった。目の前で顔を真っ赤にして怒っているかおりを見ると、楽しくてしょうがなくなる。

「なあ、実は今までのも知ってたんちゃうん？　あたしがずっと、かおりの片想いの相手と仲良くして邪魔してたこと」

そう言うと、かおりはぐっと言葉を詰まらせた。それを見て、くはは、と声高らかに笑う。

いつも、かおりの好きな人とは特別仲良くなるようにしていた。気のあるそぶりを見せればどいつもこいつもすぐにあたしに寄ってきた。あたしが今までつき合ってきた人の中に、かおりが好きだった人もひとり含まれている。のんびり友だちごっこをしているからそんなことになるのだとかおりに教えてやりたかった。

かおりからなんでもいいから奪いたかった。

かおりの瞳に涙が溜まっていく。

傷ついた顔だ。

あたしが見たくて仕方がなかった顔。

——なのに、あたしまで涙があふれて止まらなくなる。

「何度も言ったやん、葛葉。葛葉は感情的になりすぎるって。そんでいつもあとから後悔して泣く羽目になるんやって」

ぼとぼとと化粧が崩れるのも気にせず涙を流すと、かおりが失笑する。

後悔しているから泣いているわけじゃないと、そう言いたいのに、喉がすぼんで声が出なくなる。ぎゅうぎゅうと握りつぶされているみたいに喉が痛い。

「葛葉、葛葉は本当はどうしたいん？」

かおりが震える声で問いかけてくる。

なにがしたいのか。

どうしたかったのか。


――あたしをずっと、かおりの一番の友だちにしていてほしかった。


ほかの友だちとなんか仲良くせんといてほしい。いつもそばにおってほしい。あたしだけで満足していてほしい。好きな男子のことなんか考えんといてほしい。

だってあたしにはかおりしかおらんから。

でも、傷つけたかった気持ちもウソじゃない。


――あたしと一緒の立場になってほしかった。

――でも、幸せでいてほしかった。あたしみたいにならんといてほしかった。

相反する感情が、同じくらいの大きさで、あたしの中にある。

傷ついて傷ついて、あたしにすがってほしかった。幸せな顔をされると、自分とは住む世界が違うように感じてしまうから、だから、不幸になってほしかった。

でも、きっとかおりはそうならないとわかってた。根本からしてあたしとは違うから、どうしたって同じにならない。それに、あたしと違って、どこに行ってもかおりには友人ができる。いつだって誰かに囲まれて笑って生きていける。

そして、いつかあたしのことを忘れる。

あたしがいなくても、かおりは幸せであり続けられる。

だから、だから自らの手でかおりを傷つけたかった。

――そうすれば、きっとかおりはあたしのことを忘れへんから。

なんでもいいから、かおりの人生に存在しておきたかった。


そばにいるかおりの腕を摑んで、握りしめる。言いたい言葉はたくさんあるのに、どれも嗚咽《おえつ》にまざって声にならない。それに、こんなことをかおりに伝えたくない。

知らないままでいてほしい。

あたしが依存しているのは、彼氏じゃなくて、かおりや。

はじめこそゆうくんに捨てられないようにと必死だったけど、いつしかゆうくんにいいように使われていても気にならなくなったのは、そうすることでかおりの気が引けたからだ。心配してくれるから。誰よりもあたしを優先してくれたから。

だからずっと、ゆうくんの言いなりになっていた。

かおりにそばにいてもらうために。

「葛葉のこと、めっちゃむかつくけど、私はやっぱり葛葉を家族やと思ってるで」

かおりがあたしを抱きしめる。

「もう、ええって。そんなん、いらんねん」

「それでも私はそう思ってる」

アホちゃう、と呟いたけれど、それがかおりの耳に届いたのかはわからなかった。

「でも、もう決めたんやんな」

かおりがぽつんと言葉をこぼす。それにこくりと頷いてから、かおりの体を押し離した。お互いに涙で顔がぐちゃぐちゃになっている。

「あたしは、かおりがいたから、不幸だった」

いつも妬《ねた》みでぐちゃぐちゃになっていた。自分にはなにひとつなかったものを、すべて持っているかおりが羨ましくて憎かった。

けれど。

「かおりがいなかったら、もっと、不幸だった」

悔しいけれど。

かおりにとってあたしは特別じゃない。でもあたしにとってはかおりは特別やった。

かおりがいて救われた。助けられた。

だから、一緒にいないほうがいい。

じゃないと、自分を保てなくなる。そんな気がする。自分の気持ちに気づいてしまったのならなおさらだ。これは、恋愛感情よりもはるかにややこしい。いっそ、かおりに恋をしていると、そう言える単純なものであればよかったのに。

かおりは小さな声で「そっか」と答える。あたしの言葉の中に、もうかおりとは会わない会っちゃいけないという決意が含まれていることを察したんだろう。

それを、かおりは受け止めた。

「かおりと離れて十年くらいしたらまともな人間になるかもな、あたしも」

「なにそれ」

あたしが言うと、かおりが苦く笑う。そしてしばらく黙ってからまっすぐにあたしを見た。

「じゃあ、十年後の葛葉の誕生日は、私に祝わせて」

もう会わないって決めたのに。

あたしと離れられるチャンスやったのに。ほんまにかおりはアホや。

でも、この言葉があれば、あたしは生きていける。

「行ってくるわ」

言うつもりのなかったセリフを口にする。

待っていてくれる人がいると思えば、足取りも軽くなる。

行ってきますと、誰かにはっきりと口にしたのは、今日がはじめてだ。

必ず帰ってくる。これは、そういう約束の挨拶だ。

もしもこの先数えきれないほどの不幸が待っていたとしても、この約束があれば、たとえ果たされなくとも、あたしは幸せを思い浮かべて過ごせる。

◇

思わず、ばしっとママのノートを叩くように閉じた。

適当に手にしたノートは、ママがお母さんと離れるまでのタイミングの日記だったらしい。といっても、詳細に書かれているわけではなく、感情の殴り書きのようなものだったので、明確になにがあったのかはわからない。

ただ、ダイレクトに、ママの気持ちが伝わってきた。嘘偽りのない、生身の感情に、わたしまで囚《とら》われそうになる。

これ以上は読めそうにない。

それに、いくら娘でもこれを読むのははばかられる。っていうかだめだ、これは。

パパのことを知ることができるかも、と思ったけれど、これを読むくらいならば知らないままでいい。

残りのノートをちらっと見てから、それらをクローゼットの下段にある抽斗に押し込んだ。

心臓がまだドキドキしている。

ママが感情的だとは知っていたけれど、日記にもその威力は残されていた。

それでも、やっぱり日記の中にはわたしの知らないママがいた。

ママが自分の家族と仲がよくないことは知っていたけれど、これほどとは。なんとなく、ママがお母さんやつき合った人に依存していた理由も感じ取ることができた。

同時に、じゃあなんでわたしにやさしくしてくれなかったんだろう、とも思う。

たぶん、わたしはママにとって特別大事にしたい存在ではなかったのだろう。

おそらくママにとって、お母さん以上に大事な人はいなかったのだろう。

ママは、お母さんを好きすぎた。

だから、お母さんに、お母さんのまわりのすべてに、嫉妬していた。自分以外のすべてを邪魔だと思っていたのかもしれない。人だけではなく幸不幸も含めての、すべて。

そう思うと、やっぱり自分はママの子どもなんだろうな、と思う。

わたしも、隆史に同じように思っていた気がする。

わたしにとって隆史は特別なのに、隆史にとってはなんでもないただの幼なじみなのではないかと。わたしのことを好きだったのも小学校のときのことだ。今もそのはずだ、なんて微塵も思わない。昔はわたしのことが好きだったからこそ、今の特別じゃない関係に不満を抱いていたんだ。

隆史が誰とでも仲良くなるのがムカついた。

わたしではない誰かと噂になるのも、ムカついた。

ベッドに腰掛けて、ずっと放置していたスマホを手に取る。画面には隆史からのたくさんの着信とメッセージが表示されている。メッセージの内容は『話しようや』とか『ゲームせんでええの?』とか『おいしいお菓子あるらしいで』とか。

隆史のことをどう思っているのかを、画面を見ながら考える。

一緒にいるとムカつくこともある。きらいだ、と思うこともある。でも、一緒にいるのは楽しいし楽だ。

それは、隆史が特別だから。そして、隆史にとってもわたしは特別でありたい。

――隆史が好きだから。

すとんと言葉が胸に落ちてきて、隆史のスマホに電話をかけた。

ママはお母さんを傷つけることで独り占めしようとした。自分が傷ついてもいいから、お母さんにそばにいてもらおうとした。

でも、わたしは独占したいわけじゃない。隆史が独占されてしまうような男だったら、隆史のことを特別に思うことはなかった。隆史が隆史でいるから、そんな隆史がわたしと一緒にいてくれるから、うれしいんだ。

わたしは、ママとは違う。

ママのように大事な人も、ほかの人も、誰も、傷つけない。じゃないと、ママとお母さんのように、離れなければいけなくなるかもしれない。

そんなの絶対いやや。

電話のコール音が止まると、かわりに『舞香？』と、隆史の声が聞こえてくる。

「隆史の言うとおり、わたし嫉妬してたみたいやわ」

素直にそう言うと、ぶは、と電話越しに隆史が笑ったのがわかった。

なんで笑うねん。

『おれのこと好きなん？』

「……うん」

『やっと自分の気持ちに気づいてくれたん』

隆史がうれしそうな声で、ちょっとムカつくことを言った。そして『俺はけっこう前から舞香の気持ちに気づいてたけどな』とつけ足す。ムカつく。

でも、電話じゃなくて隆史を前にして言うべきだったなと後悔する。きっと隆史は電話の向こうで締まりのない顔をしているだろう。声だけで、わかる。隆史がわたしのことを今もかわらず、想っていてくれていることも。

彼のよろこぶ顔を見たい。だから「今すぐ行く」と言って家を飛びだした。その足取りも気持ちも、帰ってきたときとは打って変わって、軽かった。

ママももっと早く自分の気持ちに気づいて、お母さんに素直に伝えてたらよかったのに。そしたら、ママは日記の中のママよりも幸せになれたんじゃないかな。

——『じゃあ、十年後の葛葉の誕生日は、私に祝わせて』

日記に記されていたふたりの約束を思いだす。

ママとお母さんは約束を果たしたのだろうか。ママの誕生日がいつだったかわたしの記憶にないので、今度お母さんに聞いてみよう。

ノートには『行ってきます』という文字が書かれていた。
ママはずっと、お母さんからの『おかえり』を希望にしていたのだろう。
その日々は、幸せだったのだろうか。
そうだといい。
ただ、ママと一緒にいたわたしは、幸せではなかったけれど。

4　「さよなら」家族だったひと

「あ、かおり、こっちこっち」

約束の午前十一時半、大阪の茶屋町《ちゃやまち》にある店に入ると、先に席に座っていた友人がひらひらと私に手を振る。

「ごめん、待った?」

「いや、うちらもさっき店入ったところ」

そう言われたけれど、テーブルには既にビールの入ったグラスが並んでいる。三人のうちふたりには子どもがいて、こんなときじゃないとお酒を飲めないから、とすぐさま注文したらしい。

「この昼間のビールの背徳感がたまらん!」

乾杯をすると、一惠《かずえ》がおいしそうな顔をして言う。

「一惠の子は今いくつだっけ?」

「年長やで」

「涼子《りょうこ》のところは?」

「上が小二で下の子が幼稚園の年少やな。ずーっと騒いでるわ。怪獣がいるみたい。

家の中めっちゃくちゃにされるし」

顔をしかめるふたりに、私と独身の史緒《しお》が苦笑する。

高校時代の友人とは、毎年こうして忘年会をしている。一恵と涼子に子どもが産まれてからはなかなか夜に飲みに行くことができなくなったので、数年前からはこうしてランチタイムに集まるようになった。

「ふたりの話聞いてたらマジで子育てする気になれんわ。愚痴ばっかやもんな」

「史緒も子ども産んだらそうなるって。楽しいこともめっちゃあるから大丈夫や」

「そもそもわたしは結婚する気もないけどな」

史緒ははっきりとそう言った。

恋愛に興味がない、と史緒は学生時代から恋バナをすることがなかった。今も仕事が楽しいらしく、このまま会社でトップまで登り詰めるつもりらしい。登り詰めてムカつく上司を一掃してやるというのが史緒の口癖だ。

ただ、涼子たちも愚痴を言いながら子育てを楽しんでいて、お互いにそれをわかっているので軽口を言い合える。

「かおりのところは？　今いくつやったっけ？」

「舞香は今中学二年やで」

そう言うと、三人は「もうそんな大きくなったん！」と驚きの声を上げる。

「ずーっと小学生のイメージやわ」

涼子がしみじみと呟いてからぼんやりと宙を見つめ、「中二のときの葛葉はかわいかったよな」と言った。無意識に口にしてしまったようで、直後にはっとした顔をする。史緒も一恵も気まずそうに私から目をそらした。

「せやな。舞香は葛葉に似て、かわいいで」

微妙な空気を吹き飛ばすように、頬を緩ませてはっきりと口にする。葛葉の名前も、舞香の母親が葛葉であることも、けっしてタブーではないのだとそう伝えるように
「葛葉が見たら、当たり前やんあたしの子やもん、て言うと思うわ」と笑った。三人がほっと胸を撫で下ろすのがわかる。

「せ、せやな。葛葉なら言いそう」

「たしかに、自分の容姿には自信あったもんな、葛葉は」

「わたしでも葛葉の顔なら自慢するわ」

せやろ、と相づちを打つ。

葛葉が亡くなって葛葉の娘である舞香を私が引き取って育てていることは、みんな知っている。

事後報告になったけれど、そのとき彼女たちはみんな言葉を失った。特に涼子は私や葛葉と中学校から一緒で葛葉のことをよく知っているだけに、あまりいい顔はしな

かった。『大丈夫なん?』『だって葛葉の子なんやろ』『結婚したばっかりやのにええの?』と、何度も訊かれた。

そう思われるだろうことはわかっていた。葛葉を心配していた母や父ですら話をしたときは『いいのか』と言ったくらいだ。

それでも、私に舞香を引き取らない、という選択肢はなかった。

葛葉の両親に預けるなんて絶対イヤだった。

痩せ細った体を見たとき、私が必ず舞香を幸せにしようと、そう思った。

私にしかできない。私だからこそ、できる。

それは、葛葉に対して抱いた感情とも似ていた。


私と葛葉が出会ったのは、幼稚園の頃だった。

葛葉は当時からかわいく、幼い私も一目で彼女に惹かれた。まるでテレビの中で歌って踊っているアイドルのように、葛葉のまわりだけ輝いて見えた。話しかけるとうれしそうに顔を赤らめたのを覚えている、私はすぐに葛葉のことを好きになった。

ただ、そのかわいさとアンバランスなほど、葛葉はいつも汚れた格好をしていた。いつまでも来ないお迎えをさびしげに遠くを眺めながら待っていたり、とぼとぼとひとりで帰ったりしている姿も見たことがある。そして、ちょっと押したらポキンと折れてしまいそうなほど、体が細かった。

ある日、私と葛葉が仲良くしているのを知っていた母は、そんな葛葉を見かねて葛葉の両親に連絡をし、家に招いた。

それから、私と葛葉は姉妹のように一緒に過ごすようになった。

何度も葛葉と私の家に帰り、ご飯を食べた。ときには、一緒にお風呂に入り同じ布団に入って眠ることもあった。

ただいま、と家に帰り、行ってきます、と手をつないで出ていく。

それはもう家族と呼べる関係だ。

だから、私にとって葛葉は家族だった。妹が生まれる前から葛葉はとなりにいたから。気がつけばいつでもそばにいる特別な存在で、むしろ葛葉が毎日私の家で寝起きしないことのほうが不思議だった。

葛葉だってそのほうがいいはずだ。

だって、葛葉の両親は、私の両親と違っていたから。

葛葉の両親よりも私の両親のほうが、ずっと葛葉を大事に想っていて、やさしい。

ならば、葛葉は私の家の子になったほうが幸せなはずだ。

けれど、葛葉は自分の家に帰る。

葛葉は、私の家でいつも行儀よくしていた。大人しいし、あまり自分の意見も言わなかった。ふたりで話すときの葛葉と違っていて、それがいつもさびしかった。

葛葉はいつも汚れた同じ服を着ていて、髪の毛もぺっとりとしていた。

それをあるとき、男子がからかった。臭い臭いと笑いながら通りすぎた男子のことを、私は今も許せない。そう言われたときの葛葉のショックを受けた顔を思いだすだけで、胸が締めつけられる。そして――『あたし、臭いん?』と聞いてきた葛葉に『そんなことないよ』と即答できなかった自分を思いだすと、後悔で胸がいっぱいになる。

葛葉が常にミントの香りをまとうようになったのは、きっとそのせいだ。

私は葛葉に笑っていてほしかった。

なんでとか、どうしてとか、理由を聞かれてもはっきりとは答えられない。だって家族だと思っていたから。

けれど。

「かおりが母親ならええよなあ」

「それな。面倒見ええもんなあ。昔からかおりは子どもも好きやったし」

涼子たちに言われて「褒めてもなんもせんで」と笑った。

「怒ったりせんのちゃう？　見たことないよな」

「あんまりないかな。舞香には怒ることもないわけではないけど……怒るって言うより注意するって感じかな」

さすが、と三人が声を合わせる。

私が感情を高ぶらせて怒ることがないのは、感情的だった葛葉がそばにいたせいだろう。幼い頃は何度も葛葉と喧嘩した。原因は思いだせないほど些細なことばかりだったと思うけれど、葛葉はいつも全身全霊で怒りを爆発させてぶつかってきた。そして、そのあとで泣きながら何度も謝ってくる。嵐のように激しく、通りすぎると一気に気持ちを沈ませる。

私が感情的になると、葛葉も感情的になるから。

自分のしたことで泣いて謝るようなことを、葛葉にさせたくないから。

だから、私は葛葉と喧嘩をしないようになり、怒ることも減ったのだと思う。

懐かしいな。

素直にそう思う。葛葉に対して、それ以上の感情はもう、なくなった。

いつの間にか話題は子どものことから面白い海外ドラマにかわり盛り上がっていると、注文していたピザが二枚テーブルに並べられる。ついでに頼み忘れたカルパッチョと追加のパスタを頼んでから、それぞれピザに手を伸ばした。

「っていうかさ、かおりは子ども産まんの？」

一恵に訊かれて、小さく体が震える。

「葛葉の子どもがおるんはわかるけど、べつにだからってかおりと旦那が子ども作ったらあかんわけちゃうやん」

ほんのりと頬をピンクに染めているので、一恵はすでにほろ酔いなんだろう。

今まで訊かれなかったので思わず言葉に詰まった。けれど、

「あんまり考えてないかな。舞香だけで手一杯で余裕もないし——今がすごい幸せやから」

動揺を隠して答える。

その言葉に、ウソはひとつもない。紛れもなく私の本音だ。

——今は。

店内に流れていたラジオから、クリスマスソングが聞こえてきた。


我が家でのクリスマスパーティは毎年二十三日と決めている。料理を多めに作るので二十四日もパーティのような夕食になるのだけれど。クリスマスプレゼントだけはちゃんと世間に合わせて二十五日の朝に渡している。

舞香もそれをわかっているので、今年も二十三日は家にいてくれた。

「冬休みは友だちとも出かけるん？」

「んー」

晩ご飯の準備をしながらミドリと一緒にソファにいる舞香に声をかけると、いつもより元気のない声で返事があった。

小学生のあいだ、舞香はあまり友だちがいなかった。特に小学五年生のときに男子と喧嘩をしてからはそれまで一緒にいた里依ちゃんとも話をしなくなったらしく、担任の先生にいつもひとりで過ごしている、と言われたことがある。隆史くんとだけは、すぐに仲直りしたようで遊ぶようになったけれど。

中学に入って宇田さんという友だちができてからは、ほかの女子とも遊びに行くようになり、表情が柔らかくなった。

そのはず、なのだけれど。

最近は少し様子がおかしい気がする。なにか悩みがあるのだろうか。

舞香は家で不満や愚痴をほとんど言わない。

普段から反抗することもないし、手伝いも自らしてくれる。勉強しなさい、と言う暇もないほど、舞香は自主的に勉強をし、成績も優秀だ。今年のクリスマスプレゼントも、ほしいものを訊いたら手帳と言われた。それが悪いわけじゃないけれど、本当にそれがほしいのだろうかと少し不安になる。私が舞香の年の頃には、流行っているゲーム機だったり、当時ハマっていた漫画の全巻セットだった。

やっぱりまだ、私や遊に気を遣っているのだろうか。

「ねえ、お父さんは？」

どうしたのか聞いたほうがいいのか考えていると、舞香が明るい表情を私に向けて訊いていた。

「ケーキ取りに行ってるで」

一瞬感じた元気のなさは気のせいだったのではないかと思うくらい、舞香はいつもどおりの笑顔でミドリと遊びだした。

訊かれたくないのかもしれない。

だったら、私はなにも気づかないフリをしよう。

そばにいることができるのだから、無理をして近づかなくても大丈夫のはず。私の母を思い浮かべる。誰よりも強くやさしい母は、私の理想だ。

私は、恵まれた、幸せな子どもだったから。

しばらくして出かけていた遊が帰宅し、夕食まで三人で映画を観る。日が沈んできた頃に、昨晩作ったビーフシチューと今日準備した鶏肉のグリルなどのいつもよりも豪華な食事を楽しんだ。

普段、私と遊は家であまりお酒を飲まない。けれど、十二月二十三日はいつもワインを飲む。食後は少しお腹を休ませてからケーキにする。たくさん食べて、遊にはたくさんお酒を飲んでもらって、ふたりはいつもよりも早めの十時過ぎには就寝する。

後片付けを済ませ、十一時半を過ぎてからそっと遊が眠っているかを確かめた。そして、寝息を確認してリビングに戻る。

ブラウンシュガーとライムとミントとラムと炭酸水を取りだし、できるだけ物音を立てないように気をつけながらモヒートを作った。すでにワインを飲んでいるので、ほんのりとアルコールが体内にあるのを感じる。作ったモヒートがおいしくてもまずくても、私にはわからないので、分量はいつも適当だ。そして冷蔵庫にあったチーズとお菓子と、抽斗にあったチョコレートをお皿にのせて、ローテーブルの前に移動した。

最後に、葛葉の写真を和室から持ってきて、目の前に立てる。

「おめでと」

今日この日に、葛葉に言うべき言葉はこれでいいのかどうかは、わからない。

けれど、この言葉しか出てこない。

写真の中の葛葉は、笑っている。この写真を撮ったのは私だった。まさかそれが遺影になるとは思いも寄らなかった。

――『かおり』

葛葉の声が聞こえた気がしてはっとする。ミントの爽やかな香りが鼻を突き抜ける。

葛葉の匂いだ。

葛葉の、囚われた匂い。

いつからか、私もそれに囚われてしまった。

暖房を消したリビングはひどく寒い。指先から徐々に体が冷えてくる。自分の体を自分で抱きしめて、目の前の葛葉の笑顔を見つめた。

やっぱり今日は、おめでとう、ではなく、ごめんな、のほうがいいのかもしれない。

――葛葉を死なせてしまって、ごめん。

――葛葉のものを横取りして、ごめん。

けれどそれは、声にはならない。いつだって、心の中で呟くだけだ。

◇

私は、恵まれている。

恵まれているから、笑っていなくちゃいけない。

でも、なんだかそれって呪いみたいだな、と思ったりする。

高校時代の友人たちと、グラスを鳴らして喉を潤す。

私の仕事が忙しくなりそうだったので、今年は十一月末に毎年恒例の忘年会をすることになった。にもかかわらず、店内にはクリスマスソングが流れている。

「で、かおりは？　そろそろ結婚するん？」

生ビールを一気に半分ほど飲んだ一恵がわたしに訊いた。

二十七歳になると第一次結婚ブームがくるらしい、とはどこかから聞いていたけれど、実際本当にブームがきている。先月は大学時代の友人がふたりも結婚した。そして、今ここにいる涼子も来年の春に結婚が決まっている。

だからなのか、高校時代の友人に限らず、大学の友人とも、会社の先輩とも、会話に結婚の二文字が飛び交うようになった。

「んー、そんな話は出てへんけど」

「すっごいサプライズ準備してるんちゃう？」

「どうやろうなあ」

きゃあきゃあと騒ぐ涼子たちにぼんやりとした返事をする。

「なんなん、テンション低めやんか。かおりも史緒と同じで結婚したくない派？」

「え？　うーん、まだ二十七やしなあ。したくないわけちゃうけど、今はまだピンとこんなあ。どっちでもええかな」

ブームが来ている、とはいえ友人の半分以上は未婚だし、遊とは半同棲状態でいつでも会える。家賃や生活費が楽になるので一緒に住んでもいいかな、くらいは思っているけれど。

「かおりもわたしと同じでまだまだ遊びたいよな」

「せやなあ。それにまだ仕事をしてたいってのもあるかな。結婚したら相手のこと考えてまうから私には難しいかも」

「デザイン会社ってやっぱり地味な会社とは違って華やかでやりがいもありそうやもんな。わたしもそんな会社やったらなあー」

そこから話はみんなが勤める会社の愚痴に変わった。上司がポンコツでうっとうしいとか、クライアントが無茶ばかり言うとか、広告代理店の営業はアホだとか。

みんな大変なんやなあ。

聞き役に徹しながらそんなふうに思う。

かといって、私になんの悩みも愚痴もないわけではないのだけれど。

会社は小さなデザイン会社で、業務内容の半分は自社製品のデザインが多い。東大阪の町工場と協力して今どきの女子が食いつきそうなかわいい製品を創りだし、ネット販売をしたり、大阪府内の雑貨店に置いてもらったりしている。終電がなくなるまで仕事をするどころか、残業もそれほどない。ごくたまに代理店からの仕事もあるが、年に数回しかないうえに大きなプロジェクトの中のごく一部を任されるだけだ。

デザイン会社という括りがなくとも、世間一般的にかなりホワイト企業のようで、業種がバラバラの高校の友だちにも、「ええなあ、かおりは」と言われる。

でも、やっぱり日々のストレスはある。

先輩のデザイナーがみんな既婚者の子持ちで、産休に入るたびにすべての負担が私にのしかかってくるとか、用事があっても子どもがいないから、という理由で仕事を押しつけられるとか。そのくせ、給料は一番低い。ボーナスも年に一回だけだ。

一目惚れして数万のパンプスを衝動買いしたとかいうみんなの話を聞いている限り、この中で私の給料は一番少なそうだなと思う。

――でも、私は恵まれている。

仕事において一番重要なのは人間関係で、私は社内の人とはいい感じの距離感で過ごせている。

だから、羨ましがられる。

だから、みんなと同じように愚痴は言えない。

口にしたら、私だって、私のところなんか、という不幸自慢のような会話がはじまる。今まで幾度となく体験してきたことなので、なにも言わないほうがいい。

でも、そうすると今度は「かおりには不満ないんやなあ、ええなあ」と言われる。

――『かおりみたいな人間には、わからんねん』

高校時代、葛葉に言われたセリフを思いだす。

わかっている、と言うつもりはない。けれど。

お待たせしましたー、と定員の男性がモヒートを持って現れた。

「そういや、この前あの子見かけた気がすんねんなあ」

一恵が、グラスに口をつけ、なにかを思いだすように顔を傾けた。

「……葛葉？」

モヒートから連想する人物は、ひとりしかいない。

いつもミントの香りを常に身にまとっていた、かわいい女の子。

「あ、そうそう！　たぶんやけどな。かわいいが成長してすっごい美人になってた」

もう十年になるというのに、そして一恵は葛葉と仲がよかったわけではないのに、見かけただけで思いだすくらい、葛葉は特別なオーラを発していたんだなと思う。

あれから十年、か。

二十七歳の葛葉はどんな女性になっているのだろう。想像してみるけれど、私にはいつまでも、薄汚れた服を着て泣いている幼い姿しか描けなかった。

「葛葉って、めっちゃかわいかった子やんな」

史緒は高校三年から親しくなったので、葛葉が学校にいた頃はそれほど関わりがなかったのだろう。ほかのふたりは二年のときに私が葛葉を気にしていたのを見ていたので、葛葉のことには詳しい。

「そうそう。かおりの幼なじみ。すっごいかわいかったけど、女子にきらわれるタイプやったな。男の前だけ態度が違う、いかにも女子って感じの子」

友人の説明に苦々しく笑うしかできない。

葛葉がそう思われていたことは知っているし、そう思われても仕方のない振る舞いもあったと思う。でも、私にとってはそれが葛葉だ。

「わたしらと全然ちゃうタイプやん。マジでかおりと仲良かったん？」

「そうそう。かおりはほんま誰とでも友だちになるからな」

「ほっといたらええのにめっちゃ気にかけてたよなあ。でも、そんなかおりやから誰にもきらわれへんねやろな」

ああ、わかるわかる、と三人が大きく頷く。

目の前でそんなふうに言われるとどういう反応をしていいのかわからず、テーブルに並んでいる生ハムをつまんでもくもくと口を動かした。

ありがとう、もなんだか違うよな。そんなことないよ、も違う気がする。

みんなの言うように、私はあまり誰かにきらわれたことがない。誰とでもそれなりに仲良くなることができる。

誰にも悪い印象を与えずにいられるというのは、いいことなのだろう。

「でもさ……かおり、実際どう思ってたん？」

「え？」

涼子が身を乗りだして言った。どういう意味かわからずきょとんとしてしまう。

「お酒も入ってるしぶっちゃけてええねんで。ここだけの話やしさ、もう会わん相手かも知らんし。かおりだって実際ちょっと迷惑やったんちゃうん」

ああ、そういうことか。

久々の質問に反応が遅れてしまった。

「そんなふうに、一度も思ったことないんよな。家族みたいに思ってたからなあ」

そのくらい、私にとって葛葉は特別だった。

本当はきらいなんちゃうの。ほんまのこと言ってええねんで。だってあの子すぐ怒るやん。なんかややこしくない？　あたしやったら無理。

学生時代、何度もそんなことを友人に言われた。

葛葉は感情の波が激しく、すぐに怒り、そして泣く。気分の浮き沈みも大きいので、喧嘩したらしばらく落ち込んで殻に閉じこもってしまうこともあった。なだめ慰め、元気づける。面倒くさいなと思ったことは数え切れない。学習能力がなく同じことばかりを繰り返す、まさしくややこしい子だ。

それはわかっている。そのとおりだ。

けれど、それは葛葉をきらいになる理由にはならない。

「なんか、全部ひっくるめて葛葉やから」

「女神かよ！」

間髪容れずに突っ込まれて、お酒を噴き出してしまう。

「そんなんちゃうって。ほんまに、ずーっと葛葉は葛葉やったしさ」

「好きな人奪われてようそんなふうに思えんなあ」

安藤くんのことだろうと思いだして「ああ……あれか」と苦く笑う。

あの件は廊下で葛葉と話していたせいで瞬く間に学校中に広まってしまい、その後安藤くんはしばらく女子たちからきらわれて距離をおかれていた。私が葛葉の頬を叩いたのも原因のひとつだろう。

……あれは本当に悪いことをしてしまった。

安藤くんに惹かれていたのは事実だけれど、つき合っていたわけではない。なので、葛葉と関係を持ったって悪いことではないのに。そもそも、私は安藤くんのことがショックで手を上げたわけでもない。葛葉が自分を大事にしないから、つい。

「つき合う前の葛葉チェックみたいなものだと思ってたしな。葛葉のおかげで事前に浮気するんかどうかわかるやろ」

「ポジティブ！　怖いわ！」

「なんでやねん」

ぶはは、とみんなが声を上げて笑った。

「かおりは絶対いい母親になるよなあ」

「気い早ない？　まだ結婚もしてないのに。涼子のが先やろ」

「そうなんのかなあ。子育てとか全然想像できんわ。でもまあ、いつかは産みたいよな。早めに産んだほうがいいって会社の人にも言われてんねん」

たしか私の会社の先輩も言っていた。体力があるうちのほうがいい、と。

いつかは産みたい、と私も思う。それが当たり前みたいな気もするし、両親もよろこぶだろう。でもまあ、そのうち。今はそんなふうにしか考えられない。

そのあと、テーブルに追加注文していた料理がやってきて葛葉の話は終わった。


「じゃあまた今度」

「今度飲むときまでにネタ仕入れてきてな」

「そっちもな」

そんな会話をして、駅でみんなと別れる。一恵は奈良の実家で暮らしている。私を含めて三人は大阪で独り暮らしをしているけれど方向はバラバラだ。

私の家はここから三駅だけれど、一駅で乗り換えしなければいけない。階段の上り下りが面倒なのでとなりの駅まで歩くことにした。冷たい風がお酒で火照《ほて》った頬を冷やしてくれる。

商店街にあるショップのほとんどは、十一時を過ぎて閉店しているけれど、音楽だけはどこかから流れてきていた。クリスマスまで一ヶ月ほどもあるのに、聞こえてくるのはクリスマスソングばかり。

そのたびに葛葉の誕生日だな、と思い、葛葉がいなくなった日のことを思いだす。

高二の二学期の終業式だった。葛葉は突然引っ越しをすると私に言った。事前になにも教えてくれなかった。

私に話をしていたところで、なにがどうなったわけではない。

けれど、悔しかった。葛葉の気持ちを考えると、悔しくて悲しかった。

葛葉が引っ越してから今年で十年になる。最後に挨拶をした日から、今まで一度も連絡を取っていない。それはきっと、葛葉の決意の現れなのだろうと、ならば私から連絡をして今の葛葉を乱すようなことはしたくないと、ずっと我慢してきた。

――『じゃあ、十年後の葛葉の誕生日は、私に祝わせて』

この十年、葛葉はどんな日々を過ごしてきたのだろう。

葛葉の祖父母は、誕生日を祝ってくれる人だっただろうか。

頭上を仰いで白い息を吐きだすと、ポケットのスマホが震える。確認すると母から『年末いつ帰ってくるん』という短いメッセージが届いていた。

街中はジングルベルジングルベルとうるさいほどなのに、それが終わればもう年末。十二月は本当に慌ただしい。

そういえば会社はいつから休みにはいるんだったっけ、遊にも相談をしなければ、とぼんやりしていると、返事を急かすように母から追加のメッセージが送られてきた。『ゆうくんと帰ってくるんやろ』という、どこか決定事項のような内容に「あー」と声が漏れる。

両親はどうやら遊との結婚を待ち望んでいるらしい。

こうして母と、ときに父や妹とやり取りをする私は、恵まれた家庭で育ったのだと思う。葛葉の家庭環境に比べたら、自分でもそう思う。

葛葉が彼氏という存在に依存していたのは、あの両親のせいだろう。

葛葉はいつも、誰かの特別になることをほっしていた。気持ちだけではなく、それをちゃんと行動として見せてくれることを求めた。

それは、いつかほかでもない葛葉自身を傷つけてしまうんじゃないかと、心配で仕方がなかった。だから、自分にできることがあればしなければと思っていた。

だって、私のとって葛葉は、家族だから。

けれど。

――『かおりには、あたしの気持ちなんて、なんもわからへんねん』

――『かおりは、幸せなんやもん。幸せに育ったんやもん』

――『あの頃からあたしは惨めやった！』

忘れることのないセリフが蘇るだけで、体温が下がる。

自分のしていたことはずっと、葛葉を傷つけていたのだろうか。

たしかに同情心もあったかもしれない。けれど、それでもずっと一緒にいたから、この先も一緒にいるのが当然のような、そんな相手だったから。葛葉が自分以外とは親しくしないから、そううぬぼれていただけなのだろうか。

私はずっと、葛葉を惨めにさせていた。

それに私はずっと気づかなかった。葛葉に言われるまで、そんなことは想像もしなかった。

たしかに私は、葛葉の気持ちをわかっていなかった。それは間違いない。

でも、でも。

わからなければ、そばにいてはいけないのだろうか。

もしも自分が不幸な家庭で育っていれば、葛葉はもっといろんなことを話してくれたのだろうか。私の好きな人をいつも奪って邪魔していた理由も、誰かにいつも依存していた理由も。

不幸であれば、私は葛葉の気持ちを完璧に理解することができたのだろうか。

そうであれば、今も葛葉はそばにいたのだろうか。

せめて連絡を取り合える関係でいられたのだろうか。

はあっと白い息を吐きだしてから、頭上を見上げる。

アーケードの切れ目から、月が地上を見下ろしていた。澄んだ空気に、喉がひりりと痛んで、手で口元を覆った。

考えても仕方のないことだ。

こういうことを考えると、いつも霧がかかってすっきりしない気分になる。ぶるぶると頭を振って、力強く足を踏みだした。

「幸せで、ええやんか」

誰にも聞こえないくらいの音量で呟き、駅を目指す。

葛葉がどうしているのかはわからない。

今も、ミントの香りを体に振りかけているのだろうか。

ミントの香りは、葛葉の深い深い傷跡を表しているようで胸が苦しくなる。だから今は、葛葉に似合う香水を身につけていてくれることを願う。


「かおり、おはよ」

ゆさゆさと体を揺さぶられ、重い瞼を開ける。

「ん、んん……？」

「よ、起きたか？」

目の前にいる遊の顔をしばらく眺めてから、はっとして体を起こした。反射的に目覚まし時計を掴むと、時刻はすでにお昼の二時を回っている。

「うわ、めっちゃ寝た」

「メッセージの返事ないから寝てるんやろなーとは思ってたけどな」

言われてスマホを確認すると、たしかに遊から『今から向かうわ』とメッセージが届いていた。しかも三時間も前に。

「ずっと待ってたん？」

「気持ちよさそうに寝てるし、俺ものんびりしよーと思ってテレビ見てた」

「……なんか恥ずかしいな。いびきとかかいてなかった？」

「それは大丈夫やけど、白目剝《む》いてたかな。さすがにそろそろ起こさんなかおりがへこむやろなと思って」

うわあ、最悪や。寝ている姿を見られるのははじめてのことではないけれど。大量にお酒を飲んだわけではないのに、遊が来ていたことにも気づかないくらい熟睡していたなんて。

ベッドから出て、寝起きの紅茶を淹《い》れようとすると、ちょうど電気ケトルが沸騰を知らせる音を鳴らした。遊がわたしを起こす前に準備していてくれたらしいそういう細やかなところがすごいなと感心する。

遊はすごくいい彼氏だと思う。

初対面で、しかも仕事で会った相手に告白してきたときはなんて人だと若干引いた。それに、なんで遊みたいに整った顔の人が、私なんかに声をかけてくるのかも不思議だった。

自慢ではないが、私はけっしてかわいくはない。不細工でもない——と信じているけれど、地味な顔立ちで、華やかさは微塵もない。

しばらくはからかわれているのではないかと、遊を疑っていた。

けれど遊は何度も私を誘った。仕事相手とつき合うなんて絶対面倒なことになるとガードしていたのに、気がつけば私は遊のやさしさに惹かれていた。たまに気を遣いすぎて、それが微妙に私の求めるものとはずれているところとかもかわいいなと思った。

遊とつき合うまでふたりとつき合ったけれど、なぜだか合鍵を渡そうとは思わなかった。なのに、遊にはつき合ってすぐに、自然に、なんの躊躇もなく渡していた。

「遊、今日、どうする？」

「んー、いい天気だしどこか行ってもいいかもなあ」

遊に言われて窓の外を見ると、たしかに青空が広がっていた。

今週の土日はなんの用事もないので、二日間とも家でだらだら過ごすのはもったいないような気がする。ふるふると頭を振って、痛みや重さがないか確認した。体にも倦怠感《けんたいかん》はない。昨日のお酒は残っていないようだ。

「じゃあせっかくやしぶらっと梅田《うめだ》にでも行きたいかな。私文具買いたいし」

「んじゃ、かおりの準備ができたら行くか。そのまま晩飯食って帰ろ」

紅茶をのんびり飲みながら、家を出る前に洗濯と掃除をしておきたいなと考える。

頭の中でスケジュールを立てていると、遊がドラマを見ながらゲラゲラと笑いだした。再放送のバラエティー番組に夢中のようだ。

私がさっとシャワーを浴びて洗濯や掃除をしているあいだも、遊はひとりくつろいでいる。ちょっと手伝ってくれてもいいのでは、と思ったりもするが、ここは私の家なので口にはしない。っていうか遊の家に私が行くときも私が家事をやっているような気もしないでもないのだけれど。

「遊、また靴下裏返したまま洗濯機入れてるやん」

「え？　あ、ああー、ごめん」

これで何度目なのか。

遊はこういうところがある。雑というか、なんというか。

洗い物をしたあとはいつもキッチンが水浸しだし、ペットボトルやマグカップをテーブルに置きっぱなしすることも多い。基本的に片付けが下手くそだ。

これらの愚痴を友人に言えば、「贅沢《ぜいたく》な悩みだよ」と言われるだろう。

私は恵まれているから、私の不満は、贅沢なものなのだ。

昔から人づき合いに悩んだことはないし、運動も勉強も、それなりにはこなせた。

そして今は遊という、やさしい彼氏もいる。両親は健康で、妹との仲もいい。

「この子めっちゃかわいない？」

テレビを指さして遊が言った。まだ一歳にも満たない赤ちゃんが出ているＣＭで、たしかに大きな目をしたかわいらしい子が映っている。

「遊はほんまに子どもが好きやな」

「かおりもやろ」

遊はきっと、子どもをかわいがる子煩悩な父親になるだろう。育児も積極的にやってくれそうだ。そして、些細なことにイラッとする自分の姿もイメージできる。それもまた、満たされた日々になるのだろう。

だから、小さな不満は、誰にも言えない。

私は遊と、結婚するのだろうか。

たぶん遊はそう思ってくれていると、最近言葉の端々から感じる。

遊とならば楽しく過ごせるだろう。子どもがいて、遊がいて、私がいて。よくある普通の、けれど幸せな家族に。

いつか、遊とそんな家庭を作れたらいいなと思う。今はまだ結婚願望はないけれど。

「じゃ、行けるで」

そう言うと、遊は「おう」と腰を上げてジャケットを羽織った。そして、一緒にマンションを出る。

大通り沿いを駅に向かって歩きだすと、なんとなくミントの香りがした気がした。

病院を出ると、ふと先週の土曜日に遊と梅田へ出かけた日のことを思いだした。

視界がかすむ。

そういえば支払いは済ませただろうか。たった数分前のことがわからない。

今日は何曜日だったっけ。

ああ、土曜日だ。

私は今日、子宮頸がんの検査結果を聞きに来たんだ。

とりあえず、私はなにをすればいいんだろう。

心が動揺していて体に力が入らない。

家で遊が待っているので、今から帰ると連絡しなくては。でも、このまま帰って遊と顔を合わせることを考えると、体が固まってしまう。用事ができたことにして実家に帰ろうか。いや、でも、母の前で私はどうするんだ。平然と過ごすことはできないだろう。かといって、母に言うのはいやだ。取り乱して自分が壊れてしまいそうな予感がする。

じゃあ、じゃあ、どうすれば？

目をつむって、鼻から冬の空気を吸い込んだ。体中に冷気が染み渡り、細く長く口から息を吐きだすと幾分気持ちが落ち着いた、ような気がする。

そして、少し前の話をゆっくりと思いだし、先生のセリフを反芻《はんすう》する。

そっか、そうなんだ。

そうだったのか。

困ったなあ。でも仕方ないな。でも、困ったな。

誰にも聞こえないくらい小さな声で口からこぼれた言葉は、ふわふわとその場にとどまっていて、さまようだけ。

ポケットからスマホを取りだした。けれど、どうすることもできない。

誰かに連絡をしたいのに、誰にも連絡できない。

相談して『そんなことくらい気にせんでええやん』だとか『恵まれてんねんから大丈夫』だとか言われるかもしれないことが怖い。

スマホを手にしたまま茫然と立ち尽くした。

誰にも頼れない。友だちはいっぱいいるのに。親とも妹とも仲がいいのに。

まるで、ひとりぼっちになったみたいに、心細くなる。

うつろな目で突っ立っていると、ミントの香りが鼻腔《びこう》をくすぐった。と同時に、明るい、ちょっと舌っ足らずな甘ったるい声で名前を呼ばれる。

「かーおり」

忘れることのできないその声に、視界と思考がクリアになり、振り返った。

緩くウェーブのかかった長い髪の毛に、ピンク色のコートを羽織っている女性が、私を見てひらひらと手を振っている。

「――く、葛葉？」

「久しぶりやーん！　覚えててくれたん？」

考えるよりも先に、名前が口をついて出る。葛葉は破顔して駆け寄り抱きついてきた。どのくらい外にいたのか、葛葉の冷たい髪が頰に触れる。

こんなふうに抱きつかれるのは、小学生の頃以来だ。中学生になってから葛葉はひとり大人っぽくなって、くっつくどころか、私が声をかけなければ話をしてくれなくなった。

昔の葛葉がいる。幼い頃のかわいさのままで、大人になった葛葉が。中高生のときに葛葉から感じた私とのあいだにある壁がすべて取り払われていた。

葛葉が私に会いに来て、名前を呼んで、抱きついてきてくれた。

目頭が熱くなり、慌ててそれをこらえる。

「もう、葛葉、なにしてたんよ、今まで」

声が震えていたかもしれない。けれど、葛葉はそれに突っ込むことなく「まあいろいろな」と肩をすくめて答える。

「なあ、かおり。もうすぐ十年になるん、覚えてる？」

「もちろんやん」

葛葉が覚えていてくれたことのほうが驚きだった。

――『じゃあ、十年後の葛葉の誕生日は、私に祝わせて』

そう言ったのは私だった。

葛葉が十年もすればまともな人間になると、そう言ったから。別にそんなの望んでいなかったけれど、葛葉が自分の未来を語ったから、私はそれを応援しようと思った。けれど葛葉は『行ってきます』とだけ言って背を向けたから、忘れているだろうと、記憶に残そうともしなかったのだろうと、そう思っていた。

「かおり、今時間ある？　ちょっとお茶でもしよーや」

花が咲いたみたいな笑顔に、数秒前まで沈んでいた気持ちが浮上した。「もちろん」と返事をして、十年ぶりに葛葉と並んで歩く。

駅前にある小さなカフェに入り、小腹が空いたのでふたりしてサンドイッチのプレートランチを注文する。忘れる前に連絡先を交換しようと葛葉に言われＳＮＳのアカウントを教え合い、電話番号を登録する。

「で、ほんまになにしてたん」

スマホをテーブルに置いてすぐ、身を乗りだして訊いた。葛葉は「せっかちやなあ」と呆れたように口の端を引き上げる。

「家にいたときより快適に過ごしてたで。おじいちゃんもおばあちゃんもやさしかったし。っていっても、まあ友だちはろくにできへんかったけどな」

ぶはは、とかわいさに大人っぽさが加わったきれいな顔をくしゃりと潰して葛葉が豪快に笑った。

どうやら葛葉の祖父母はいい人たちだったようだ。そのことに安堵のため息をつく。けれど、今も葛葉からはミントの香りがする。祖父母と暮らしていても、ミントの消臭剤を手放せなかったということは、まだ葛葉の傷は癒えていないのだろう。

「こっちに戻ってきたん?」

体がまだ冷たいからか、お互い出された水には口をつけずに話を続けた。

「うん、っていっても奈良にな。田舎なんかうんざりやと思ったけど、家賃が安いしさあ。大阪で暮らすんは無理やったわ。姫路も田舎やったし、あたしは田舎から出られへん運命なんやわ。そのせいで車がないと生きてけんなった」

わざとらしく顔をしかめる葛葉に、笑みがこぼれた。電車に乗るのが面倒だったので今日もここまで車で来たらしく、駐車場が高いと目を吊り上げた。

話を聞くと、祖母が亡くなった一年前に奈良に戻ってきていたらしい。祖父はその一年前にすでに亡くなったと言った。

「姫路におってもよかってんけど、奈良より不便なんよな。で、せっかくやしと思って帰ってきてん。あ、両親には会ってないで」

そうなんや、と返事をしながら、葛葉の両親が引っ越したことを葛葉が知っているのか心配になった。母から聞いた話によると、葛葉のお兄さんが関東に就職が決まったとかで、家を手放し一緒に行ってしまったのだ。

「あたしのことはまあいいとして、かおりは？　彼氏おるんやろ」

「へ？」

葛葉の断言に、間抜けな声を発してしまう。

「うはは、実は先週かおりに会いにかおりの家行ってん。そしたらおばさんがかおりの今住んでる家の住所教えてくれてん」

「そうなん？　私なんにも聞いてないんやけど」

「サプライズにしたいから内緒にしておいてくださーい、てお願いしたからな」

サプライズって。まあ、めちゃくちゃ驚いたけど。

「やっぱり、かおりの家族はええな」

一瞬間を空けて、葛葉がさみしげに微笑を浮かべた。

「で、教えてもらったかおりの家に行ったときに、彼氏と出てくるの見てもうてん。先週末かな？　邪魔しちゃ悪いなあって声はかけへんかってんけど」

先週末と言えば、夕方から遊と梅田に出かけた日だろうか。

「もしかして今日も私のあとをつけてたん？」

「まあな、ストーカーやろ、あたし」

明るく言われたので、葛葉らしいなと思うしかなかった。きっと、私がひとりになるときを待っていたのだろう。

葛葉はそういう子だった。

まわりには気が強いとか性格が悪いと言われていたけれど、本当はとても怖がりな女の子なのだ。私に話しかけることが減ったのも、一緒にいることで私が悪く言われるかもしれないことを避けるためだったのではないかと思っている。葛葉は、人一倍気を遣う子だった。

私の家でも、葛葉はいつも母や父、妹にも気を遣って接していた。そんなのしなくていいのに、家族みたいなもんやんか、と私を含めた家族はみんな、葛葉にそう思っていた。

「かおり、結婚はしてへんの？」

葛葉の視線がちらりと私の左手に注がれる。

「して、へんよ」

「ふうん。そのうちするん？」

言葉にぐっと詰まってしまった。

数時間前ならば、「せやな」とか「たぶんな」と迷いなく答えられたはずの言葉が出てこない。喉がすぼんで、声が発することができない。

私の態度に違和感を覚えたのか、葛葉が「なんなん」と眉をひそめた。

「あ、いや、ど、どうかなって思っただけ」

慌てて笑みを顔に貼りつけるけれど、うまく笑えているのかはわからなかった。おそらくいびつなものだったのだろう。葛葉は不審げな表情で、

「どうしようもない奴なんちゃうん。最低な男とか？　苦労させられてんの？　ほんまは別れたいとかちゃうん」

と身を乗りだす。

「それはないよ。本当に、彼氏はすごく、やさしいし」

遊が問題なわけではない。それはない。

問題は——私だ。

「ふうん。ならいいけど」

葛葉はそう言いながらも納得はしていない様子だった。私の本心を探るような視線を向けられ、思わず目をそらす。

「かおりは幸せな家庭をそのまま継承する感じっていうか、幸せにならんなあかんからな。変な男やったらあたしがどついたるわ」

「大丈夫、ほんまに」

葛葉の物騒なセリフにふふっと噴きだした。

「かおりは幸せな家庭を作って、かわいい子どもをふたりくらい連れて公園で過ごす

ねん。かおりのお母さんがよくあたしらと公園で遊んでくれたみたいにな。かおりは、そうならなあかんねん」

「そんなん、なれるんかな」

「なるねん。かおりはあたしと違って幸せな家庭で育ったんやから。そういう人にしか幸せを子どもに伝えられへんねん」

私も同じような自分の未来を描いていた。

――けれど。

そう言われると、義務のように感じてくる。そして、自分は欠陥品のように思えてくる。そんな未来はこないかもしれない。でも、それを口にできない。

「葛葉だって、そんなふうになると思うで、私は」

この返事でいいのかはわからなかったけれど、なにか言わなくてはと声を絞りだす。

その瞬間、葛葉の表情に陰りが見えた、気がした。

「あたしはあかんわ。そもそもあたしは与える愛ってのがよーわからんからな。与えられやんな愛せへん。――だから、そのためにも父親を作らんな」

「父親？」

意味がわからず聞き返すと、「せやねん」と頷く。

「もちろん彼氏もほしいけど、最終的に父親になってもらわなあかんからな」

それは、どういう意味だろうか。

心臓が早鐘を打ちはじめて、手を握りしめた。葛葉はそんな私の様子に気づくことなく、自分のスマホを取りだし操作する。そして、画面を私に向けた。

「あたしの子。舞香って言うねん」

画面には、かわいらしい女の子がこちらを向いてきょとんとした顔をしていた。

葛葉によく似た、目が大きくて桜色の唇が愛らしい少女だ。小さくて手足も細い。四歳くらいだろうか。もしかしたらもう少し小さいかもしれない。

「葛葉の、子？」

心臓がばくんばくんと、大きな音を鳴らしていて、それは心が悲鳴を上げているからだとわかる。叫ぶことのできない、私の悲鳴。

視界がかすんで、めまいがする。けれどこんなところで倒れるわけにはいかないと、体に力を入れて「そうなんや、かわええなあ」と目を細めた。

「どしたん？　顔色悪ない？　また生理重いん？」

高校時代、よくこんな話をしたなと、心を落ち着かせて葛葉の声を受け止める。

「昔から不順やったよな。産婦人科もそれで？」

「うん、最近ちょっとしんどいから、ピルでも飲もうかと思っててさ」

思ったよりも自然にウソが口をついて出てきたことにほっとした。そのかわりに、体が今にもボロボロに崩れてしまいそうだけれども。

吐きそうなほど気持ちが悪い。それでもサンドイッチを無理やり口に押し込む。

「父親は、じゃあ、おらんの？」

「そういうこと。まあそこはいろいろあったねん」

いろいろ、と言いながら葛葉は簡単に説明してくれた。

相変わらず男性に依存していたようで、これまで数え切れないほどの人とつき合って、同じような別れを繰り返してきたのだという。その中で、やっと本当に好きだと思える、年上の男性と出会えたそうだ。

ただ、相手は既婚者だったらしい。

「不倫してたん……？」

「だって好きやったんやもん。奥さんとは別れるって言ってたし」

「そんなん不倫男の常套句《じょうとうく》やんか」

さすがにそれはだめだ。おまけに妊娠をしたただなんて。今その男がいないということは、葛葉は捨てられてしまった、ということだ。

「ほんまかおりはかたいって言うか潔癖って言うか。安藤ともつき合ってないんちゃう？　かおりはあたしの元彼みたいな、そういう相手とはつき合わんもんな」

「当たり前やん。そんなん無理やし。ただ不倫は潔癖とかそういう問題ちゃうやろ」

にやにやと言われて、ああ、葛葉だなあと思う。

会ったときはかわったかな、と思ったけれど、やっぱり高校で別れたときのままの葛葉だ。おまけに不倫して、子どもまで。本人がまったく悪びれていないので、私の言葉は響いていないのがわかる。

「まあ、不倫はなかなかややこいよな。さすがに子どもはやばいやろ。慰謝料とか払いたくないいし。っていうか払えへんし。で、バレる前にさっさと別れたろ、と思って別れた」

許容範囲を超えた葛葉の過去に、ため息しか出ない。それに、今さら過去の不倫を責めたって無意味だ。

なにより、葛葉はどこか、幸せそうにも見えた。幸せなら、私が口だしすべきじゃない。考えようによっては、別れを選んでまで、その人との子どもを産みたいと思ったとも受け取れる。

「ま、そういうことで父親がいるなあって」

「気持ちはわかるけど、今はまだええんちゃう？」

たしかに女手ひとつで子どもを育てるのは大変だろう。けれど、葛葉の「父親探し」は不安を感じさせる。彼氏探しと子育て。それに葛葉は現在小さな会社で事務の仕事をしていると言っていた。すべてを器用にこなせるようには思えない。

「でも六歳やで？　小学生になるし父親おらんかったらかわいそうやん」

「……六歳？」

父親がいないのは葛葉が選んだことやろ、という言葉よりも、六歳というさっきの少女の年齢が引っかかった。

「せやで。来年小学生やねん」

「さっきの写真、最近の？」

「そうやけど？」

葛葉は私が茫然としているのが不思議なようで、首をかしげる。

私には妹がいる。五歳年の離れた妹のことが、私はかわいくて仕方なくて、毎日世話をしていた。妹の成長をこの目で見てきた。

妹が六歳のとき、私は小学五年生だった。だから、覚えている。妹は写真の子よりも体が大きかった。もちろん、子どもによってそれは様々だ。食の細い子もいるし、病気を抱えている子もいるだろう。

けれど、葛葉の口ぶりからはそれを感じられなかった。

いや、そもそも。今日は土曜日だ。保育園も幼稚園も休みのはず。

「今、その舞香ちゃんは、どうしてんの？　どこかに預けてるん？」

「いや、留守番してるけど？」

その返事に伝票を摑んで席を立った。

「ちょ、かおり！」

葛葉の分もまとめて会計を済ませ、店を出て足早に歩く。

葛葉が私を追いかけてきて、となりに並んだ。

「なぁ、かおり、どうしたんよ」

「どうしたもこうしたもないわ！　さっさと帰り！」

どうして笑って話せるのか。まだ小学生にもなっていない、不自然なほど体の小さな女の子をどうしてひとりきりにできるのか。こんな寒い日にひとりぼっちで、どうやって過ごしているのか。考えるだけで血の気が引く。

「なに怒ってんの」

「そら怒るやろ！　その子のお昼ご飯とかどうしてるんよ！」

「どうしてるって、ちゃんと置いてきたし。パンふたつもあればじゅうぶんやろ」

葛葉は、私が怒っている理由をわかっていない。

なんで、気づかへんの。なんでおかしいと思わへんの。

――自分がされてきたから、これが当たり前だと、そう思っているのだろうか。

「葛葉、六歳やで。そんなに小さい子を家にひとりにさせて心配じゃないん？」

「なんで？　いつものことやし。そんなことで怒ってるん？」

ぶふっと葛葉が笑った。

「かおりは相変わらずお節介で心配性やな」

なにがおかしい。

なんもおもしろないわ！

「なんでわからへんの。私が幸せな家庭で育ったんなら、私の家で何度も過ごした葛葉だって幸せがどういうものか、子どもになにをしてあげたらいいのか、知ってるんちゃうん。なんで自分の子にそれをしてやれへんの？」

母のおいしいご飯を食べた。あたたかいお風呂に浸《つ》かって、洗ってある清潔なタオルで体を拭き、髪の毛を乾かし、ふかふかのベッドで寝て、次の日はきれいな洗濯された服を着て学校に行った。

私の家で、家族のように一緒に過ごしたはずだ。

毎日ではなかったけれど、それでも葛葉の本当の家族よりも、そばにいた時間が長かった自信がある。愛情を向けた自信がある。

なのに！

「そんなこと言われても、あたしにそんなんできるわけないやん」

「なんでよ！」

「あたしの家族はあの無関心な両親と兄やから。他人の家族を真似できるわけないやんか」


なあ、と葛葉が私に手を伸ばしてくる。

それを振り払い、葛葉から逃げるように駆けだした。

これ以上葛葉と一緒にいたくない。そばにいたらドロドロの感情で私が自分を保てなくなる。二度と元に戻れないくらいに。

電車に飛び乗り、葛葉からの着信を知らせ続けるスマホの電源を落とした。

なんで葛葉に子どもが。自分が産んだ子どもになんでそんなにひどいことができるのか。ひどいことをしているという自覚がないのは、なぜなのか。

電車のドアに額をつけて、奥歯を噛む。

こんな状態で家に帰りたくない。私を待っている遊と顔を合わせたくない。

知られたくない。

知られたらだめだ。


——私は子どもが産めないかもしれないだなんて。

たまたまだった。子宮頸がんの検査をしに行ったときだった。本当は先月の予約だったのだけれど、急な生理で予定をずらしてもらうとき、なんとなしに生理不順の話になり、検査をしてみることになった。

その結果、今日、私は妊娠がしにくい体質だと伝えられた。決して子どもが産めない、と決まっているわけではない。先生は、今はいろんな方法があると言ってくれた。けれど、絶対子どもができる、というわけではないのを私は知っている。テレビや会社の先輩の情報で、どれだけ不妊治療が苦しく大変なのかを知っている。

考えたこともなかった。自分はいつか子どもを産むんだろうと漠然とそう信じていた。絶対に産もうと思うほど子どもをほっしていたわけではない。それは、そのうちいつでも産むことができると思っていたからだ。

遊は子どもが好きだ。

結婚したらきっと子どもをほしがるだろう。

もし、遊が私との結婚を考えていたとしたら、このことを隠したままではだめだ。

不妊治療をすればいいというわけでもない。

すぐに妊娠する場合もある。

数年後になる場合もある。

一生妊娠しない場合もある。

もし、遊が私を受け入れてくれたら、そして結婚することになったら私はきっと不妊治療をはじめるだろう。遊との子どもがほしくなるはずだ。でも、それでずっと妊娠できなかったら、私は遊に後ろめたい気持ちを抱くことになるだろう。

遊はやさしいから「もういいよ」と言うかもしれない。その言葉を、私はきっと遊の本心だとは受け止められない。我慢させてしまったと、本当は絶対子どもがほしいと思っているはずなのにと、ずっと遊に対して罪悪感を持つことになる。

そんな関係では、私も遊も、幸せになれない。

可能性はゼロではない。でも百％でなければゼロと同じだ。

遊のことを考えるなら、すぐにでも正直に言うべきだ。

でも、別れるかもしれないと思うと、怖い。

——なんで、私なん。

なんで私がこんな目に遭《あ》わなあかんの。

子どもがいたら、愛せる自信がある。

なのに。なのに。

なんで子どもを愛せない葛葉に子どもがいるの。

違う、葛葉は愛していないわけじゃない。葛葉はわからないだけだ。幼い頃の葛葉も、小さな体をしていた。

だからって、あの子を傷つけていい理由にはならない。

羨ましい、ではなく、憎い。

葛葉が、憎くて仕方ない。

涙を呑み込みながら、電車の揺れに身を任せた。


言わなくちゃいけない。遊にちゃんと伝えなくてはいけない。

そう思っているのになかなか勇気が出ないまま過ごしてしまった。年末が近づいてきてお互い仕事が忙しく、なかなかゆっくり遊に会えなくなったから、というのも理由だけれど、いつまでもこんな日々は続かない。遅くても二日後に迫った二十四日のクリスマスイブのデートで顔を合わし、ホテルで一緒に夜を過ごす。

隠しきれるはずがない。

その日までに言うべきだ。

今日には、言わなくちゃいけない。

じゃないと、私が葛葉への嫉妬で感情を抑えられなくなる。

遊の帰りを暗い部屋の中で待つ。今日、遊は仕事が終わったら家に来ると言っていた。遊の帰りを、じっと待つ。緊張で、恐怖で、心臓が痛い。

『明日の店決めたー？』

床に置いてあったスマホが光って、葛葉からのメッセージを表示させた。それを見ないように顔を伏せる。

葛葉は、再会してから毎日私にメッセージを送ってくる。はじめは無視していたけれど、数分おきに電話がかかってくるようになったので、直接話をするよりマシだとメッセージだけは返すようにした。

なにごともなかったかのように『なあなあ、二十三日会えるやろ』『まだようわからんことで怒ってるん？』というメッセージを送ってくることに苛立つけれど、感情的になっちゃいけないと自分に言い聞かせた。

それでも、子どものことになると話が嚙み合わず、胸が苦しくなった。

晩ご飯はいつも菓子パンで、飲み物は水を置いていて、余計なことばかりをするからという理由で、テレビをつけることも冷暖房器具をつけることも許可していないらしい。

せめてお弁当を作っておいてあげたらどうかと言えば、『そんなん無理に決まってるやん』と返ってくる。『かおりやったらできるんかもしらんけど、あたしはできへんもん』『今まで大丈夫やったんやから大丈夫やって。あたしもそうやったし』そう言われるだけ。そして『かおりにはわからんやろうけど』と言われてしまえば、なにも言えなくなってしまう。

わからない。わからない。

一人親の大変さどころか、子育ての大変さも私には一生わからない。

わかりたくない。葛葉の気持ちなんか。

『なあ、二十三日会えるやろ？　約束の日やんか』

葛葉に会いたくない、話したくないと思う日がくるとは思わなかった。

部屋の中でうずくまり、ぐちゃぐちゃになっている気持ちを必死に落ち着かせる。

今まで葛葉にこんな感情を抱いたことはなかった。葛葉がなにをしても、いつかはわかってくれるはずだと、私にできることがあるはずだと、そう思っていた。

子どものことも、葛葉は葛葉なりに愛情を持って接しているはず。こうして再会できたのだから、葛葉にとっても葛葉の子どもにとっても、なにかいい方法を一緒に探すことができるはずだ。

――今までならばそんなふうに思えたはずなのに。

どうして、なんで。

羨ましい、ずるい。なのになんで、それを大切にしないのか。

今の私は、葛葉に嫌悪感しか抱けない。

遊の笑顔が浮かぶ。子どものそばで幸せそうな顔をする遊を思い描く。

遊は、子どもができないかもしれないことを知ったら、どう思うだろう。どんな顔をしてどんな言葉を口にするのだろう。

玄関のドアが開く音が聞こえて、体がびくりと震えた。「かおり?」と不安そうな声で私の名前を呼び、遊が近づいてくる気配がする。顔を見たら泣いてしまいそうで、視線をずっと下に落としていた。

そして、意を決して口を開く。

「遊、別れよう」

言葉が、震えた。

「な、なんで? 俺、なんかした? なんでなん?」

「違う、遊は悪くないねん」

ぎゅっと自分の手を握りしめると、そこに遊の大きな手が添えられる。まるで氷みたいに冷たい遊の手に、涙が浮かんでたけれど、こぼれないように必死にこらえた。

泣いたらなにも言えなくなってしまう。

「私じゃ遊を、幸せにしてあげられん、から」

一緒にいるなら、一緒に幸せにならなくちゃいけない。

私は遊に幸せでいてほしい。

「かおり、俺に話して。わからんまま別れようとか言われても、無理や」

懇願するような遊の声に、心臓が絞られて、苦しい。

遊は、今にも泣きそうな顔をしていた。

なんで私は、遊を傷つけているんだろう。

傷つけたくないから、別れを伝えようとしているのに。

「ごめんな、遊。ごめん」

ごめん、本当にごめん。何度謝ればいいのかわからない。

「どうしたん、かおり」

「私――」

そばにいる遊の胸に、自分の顔を押しつけた。遊の服を握りしめて、言葉を発するのを拒否するようにすぼむ喉を、無理やり開ける。

「私、子どもが産めんかもしらん」

そう言った瞬間、視界が弾けて涙腺が崩壊した。

嗚咽が止まらなくなり、ずっと体を震わせながら遊にしがみつく。

ごめん。幸せにしたいのに。

遊のとなりで幸せになりたいのに。

これからも遊と同じ家で一緒に過ごしたいのに。

「俺はな、かおり。かおりの子どもと暮らしたいからかおりとつき合ってるわけちゃうねんで。俺が、かおりとずっと一緒にいたいだけ」

遊は、私の背中に腕を回し、抱きしめた。

「そっ、それで、ええの？」

「いいとか、悪いとかちゃうねん。そうしたいんやから。子どもがおってもおらんくても、今も、これからも、かおりと一緒にいたい気持ちには、なんも影響せえへんねん」

涙でぐしゃぐしゃになった不細工な顔を上げて遊の顔を見ると、遊も私と同じように泣いていた。きれいな涙が頰を伝って、私の頰に落ちる。

「だから、別れんといて、かおり」

「……私のセリフやん、それ」

ほんとは、私が言いたかったセリフだ。

しがみついて、震える声で遊が言ったから、つい、笑ってしまった。うれしくて、申し訳なくて、ただ、愛おしくて。

遊がそばにいてくれることが、幸せだと思った。

たしかに、自分は恵まれているのかもしれない。

今までで、はじめてそう思った。

二十三日、葛葉と待ち合わせをしたのは難波にあるスペイン料理店だった。約束の午後六時より少し早く着いたので葛葉はまだだと思ったけれど、「あ、こっちこっち」と店内から葛葉の声が聞こえてくる。

「早かったんやな、葛葉。っていうか、タバコ吸うんやな」

「まあな」

タバコをくわえた葛葉に驚いた。高校生のときは当然吸っていなかったし、この前顔を合わせたときもそんなそぶりはなかったから気づかなかった。普段タバコのにおいには敏感なのに、ミントの匂いばかりに気を取られていた。

葛葉はカバンから取りだしたライターで何度も火を点けようとする。オイルがほどんどないようで、なかなか点けられず何度も舌打ちをした。苛立ちを隠そうとしない態度をされると、私には関係がないことなのに居心地が悪い。そしてやっとタバコに火を点けることができると、ふうーっとおいしそうに白い煙を吐きだした。非喫煙者の私をまったく気遣うことなく、私の視界を白くさせる。

子どもの前でもこんなふうに吸っているのだろうか。

「今、舞香ちゃんは？」

「またその話？　しつこいな、かおりは。今ごろ寝てるんちゃう？　っていうか今日会わせてあげてもええかなあと思ってたんやけど」

　こんな時間にひとりきりで過ごしているのかと思うと、心配になる。それが表情に出ていたのか、葛葉は「かおりは心配性やな」と苦々しくいびつな笑みを顔に貼りつける。このままでは葛葉のペースに巻き込まれて心が乱れてしまう。そう思い、落ち着くためにメニューを手にして広げた。

「葛葉はなに食べたい？　最初はビールがええ？　今日は電車やろ」

　葛葉の顔を見ないようにして、手を上げて店員を呼んだ。葛葉の返事を待たずにとりあえず生ビールをふたつ注文する。

「あたし、わからんねん」

「……なにが」

　葛葉はメニューを見ずに私だけを見ていた。

「あたしがなにを間違えてるんか、かなあ。かおりが言ってることが、かな」

　うーんと真剣に悩んでいるのか、葛葉は腕を組んで眉根を寄せる。まるで、子どもみたいだなと思った。

「舞香の面倒もいなくなるまでおばあちゃんが見てくれてたから、よくわからんねん。おばあちゃんがいなくなってアレ食べたいコレ食べたいアレいやコレいやとか泣かれても、あたしにはどうしていいんかわからん」

　つまり、産むだけ産んで、祖父母に世話を丸投げしていた、ということか。

ただ、そのあいだはあの子がちゃんとご飯を食べていたようでほっとした。

もしかしたら、葛葉の子育てに不安を感じて、祖父母は手を差し伸べたのかもしれない。私が同じ立場だったなら、そうする。

「でもさ、頼れる人が誰もおらん、子どもとふたりの生活がどんなんか、かおりも知らんやん」

たしかにそのとおりだ。

私が葛葉のすべてをわかっていたら、助けられるのだろうか。有益なアドバイスができるようになるのか。痛みを理解し一緒に泣いたり悩んだりできるのか。

でも、葛葉の立場を知っている人でないと葛葉に響かない、ということなのだとしたら、それはなんかおかしくないだろうか。

「かおりの言うようにできたらええけど、できへんねんもん。しゃーなくない？　かおりにはわからんやろうけど。できへんなりに頑張ってるんやからええやん。小言はやめて応援してほしいねんけど」

メニューを手にしたまま、葛葉の顔を見つめる。

それはできないのではなく、やらない、なのでは。

葛葉はいつもそうだ。わからん、できへん、ほっといて。

ずっとかわらない。昔と一緒だ。子どものままだ。

――ああ、そうか。葛葉は子どもなんだ。だから今も、ずっと、血のつながりしかない家族に囚われている。

葛葉自身が、そこから出ようとしていない。

結局それは葛葉が、今のままでいいと、心のどこかで思っているからだ。

「今、父親探しはどうなってるん？」

感情の波がすうっと引いていく。抑揚のない声が口から出てくる。

「どうやろなあ。まあちょこちょこ彼氏はできるねんけど、子どもも一緒となるとけっこう難しいよな。舞香も人見知りするんか、会わせてもあんまり懐かんしな」

「へえ」

「だからあたし考えたんやけどさあ、かおりが一緒に暮らしたらええと思わん？」

葛葉がぱっと笑顔を見せた。

「あたしと、かおりと舞香と、三人で」

それは、私を家政婦がわりにしたいってことなんじゃないの。

もしかして、そのために私に会いに来たの？

「かおり言ってたやん。あたしのこと家族みたいな存在やって」

「言ってた、けど」

「なにその返事。ウソやったん？」

葛葉は歯切れの悪い私の返事に、わざとらしくショックを受けたような顔をする。

私にとって葛葉は、家族だった。でも、葛葉はそれを否定した。今も、私にはなにもわからないのだと、線を引いて私を排除した。なにを、今さら。

家族でもわかり合えないことはある。なんでも許せるわけではない。嫉妬をしたり憎んだりすることもある。

じゃあ、家族と友人知人の関係の違いはなんなのだろう。

私にとっては、大事な人、だ。そばにいるのが当たり前の人。好きとかきらいとかではない。幸せであってほしい人。それが私にとっての幸せにつながる人。だから、その人のために自分も幸せになろうとする。

そう思わない相手と、血がつながっているからとか、ただ一緒に育ったからとか、そんな理由だけで離れられないのならば、それは呪いなのかもしれない。

「あ、彼氏のこと気にしてるん？　別に一緒に住んでるわけちゃうんやろ」

「……そうだけど、そうじゃなくて」

「文句言われたら別れたらええねん。あんな男やめてまいや」

なんだそれは。

「あたし、かおりが誰かに傷つけられるんはいややねん」

まるで、遊が私を傷つけるみたいな言いかたに、眉をひそめる。なんでそんなことを言いだすのかさっぱりわからない。

この先、遊のような男性とは出会えないだろう。子どもはいてもいなくてもどっちでもいいと、言ってくれた。私を強く抱きしめて、ただ、私と一緒にいたいと言ってくれた。それがどれほどうれしかったのか、葛葉にはわからない。

「かおりが誰かに傷つけられるなら、あたしは全力でそれを阻止するで」

にっと自慢げに葛葉が笑う。

「じゃあ、なんで葛葉は私を傷つけようとしてたん?」

昔から、葛葉は私が好きな男の子にちょっかいを出していた。

私を人前で拒絶し、否定した。

私をずっと、妬んでいたのだと。私がいたから不幸だったのだと。葛葉は言った。

私の質問に、葛葉は恥ずかしそうに目をそらした。そして、

「かおりを、独り占めしたかったたねん」

と、口をすぼめた。

独り占め。なんで?　私は私のものなのに?

所有物ではないのだけれど。

「かおりにあたしのさびしい気持ちを知ってほしかってん。幸せだけじゃなくて、不幸を味わってほしかってん。そしたら、絆《きずな》みたいなんが、できるかなって」

葛葉の話を聞きながら、思わず笑ってしまった。

私だって、私の気持ちを葛葉に知ってもらいたかった。

華やかな葛葉にいつも憧れていて、そばにいれば引き立て役のようになっていたことを惨めだなと思ったこともある。

私は、誰とでも仲良くなることができる。

でも、十年も会わなければみんなの記憶からあっさり忘れ去られるだろう。

けれど、葛葉はみんなの記憶に、一生残り続ける。そのくらい、葛葉には人を惹きつけるものがある。

「なあ、かおり。一緒に暮らそうや。そしたら、家族になれるかもしらんで」

ぐいと、葛葉が私に顔を近づける。

「一緒に住んだら、かおりにもあたしの気持ちがわかるかもしれんし。あたしの背負ってきたものとか、今の苦労とか」

素敵なアイデアだとでも言いたげに目を輝かせる葛葉は、本当に子どもだった。そんな葛葉を、かわいいなと思う。

でももう、それ以上の感情は抱けなかった。

十年前別れるとき、葛葉に言われたことを、今まで私はずっと考えていた。

なにも知らないくせに、わからんくせに、惨めだった、不幸だったと、そう言った葛葉のことを忘れたことは一度もない。

わからなければ、なにも言ってはいけないのだろうか。手を差しだすことは許されないのだろうか。

そんなはずはない。

だって、人と人はどうやったって完璧にわかりあえるはずがないのだから。

昨日の遊だって、私の悩みがわかっているわけじゃない。男と女で、生まれ育った環境も違っていて、それなのに安易に〝かおりの気持ちはよくわかるよ〟なんて言われても、ウソ言うなよ、わかってたまるか、って思う。遊はそうではなく、ただ、事実を受け止めて遊の意見をくれた。

だから、救われたんだ。

これまで、恵まれていることが足かせのように思っていた。

恵まれているから、文句や愚痴は言っちゃいけないような空気を感じていた。

ときに、不幸になりたいと思うほどに。

そうじゃなければ、弱音を吐くことすら許されないのではないかと。

その気持ちをわかってくれない、なんて嘆いても無駄だ。

どうせ口にしたってわかるはずがないのだから。

葛葉が言うように、私には葛葉のことはわからない。

けれど、葛葉にも、私のことはわからない。

葛葉は自分がわかっていないことに、気づいてもいない。

葛葉は、不幸でいたいだけ。ほかの誰よりも不幸な環境で育った自分を、知って同情してほしい。わかるよつらかったねと、一緒に泣いてほしいだけ。

一緒に泥船に乗ってほしいだけ。


私にとってそれはもう、家族ではなく、呪いだ。


「あたしの不幸はなかなか根深いから気をつけてな」

「葛葉は——不幸でいたいんやな」

「え？　なんてなんて？」

小さな声で独り言《ご》つ。それは葛葉の耳に届かなかったらしい。聞き直してきた葛葉に「なんでもない」と首を左右に振った。そして、

「じゃあ、葛葉を知るために——葛葉の子どもを、私にちょうだいよ」

ふふっと笑って言うと、葛葉は冗談だと思ったのか「大事にしてや」と返してきた。

本当にくれたらいい。

葛葉の子どもを。母親という立場を。

そしたら、葛葉の不幸に巻き込まれないように、私がその子を幸せにしてみせる。

それは、私も幸せにしてくれる、愛すべき大切な家族になるはずだ。

「お飲み物お先に失礼します」

テーブルにどんっとビールグラスが置かれた。話はこれで終わりだと言いたげに、
グラスを手にして葛葉に掲げる。

「今日はのんびり飲むか」

葛葉は少し悩んでから、「せやな」とグラスを手にして私のグラスとぶつけた。

――『あたしは、かおりがいたから、不幸だった』

――『かおりがいなかったら、もっと、不幸だった』

十年前、別れるときの葛葉はそう言った。

物心ついた頃からそばにいた葛葉は、もうここにはいない。

葛葉の幸せを願った私も。

私も葛葉も、呪われていただけだ。

ネグレクトの親に。葛葉との時間に。そこに名付けられた家族という言葉のせいで。

「なあ、葛葉、写真撮ってええ？」

「えーなんなん恥ずいやん」

そう言いながら、葛葉は満面の笑みを私に向けた。

カシャッとシャッター音が鳴る。その音と同時に「さよなら」と言った。

さよなら、葛葉。

この写真は、私にとってかつて家族だった葛葉の遺影だ。

◇

まさか、本当にあの日の「さよなら」が最後になるとは思わなかった。

帰宅して、遊にプロポーズされて、そして、葛葉の父親から連絡があった。葛葉が飲酒運転で衝突事故を起こし、亡くなったのだと。

あの日、葛葉が車で来ていたことに、私は気づかなかった。

そんなはずないと思い込んで、お酒を頼んだ。

「お母さん？」

テーブルに肘を突いて目頭を手で押さえていると、舞香の声が聞こえて体が跳ねる。

「どうしたん。こんな時間にこんな暗い部屋でなにしてるん」

「舞香こそ……お手洗い？」

部屋を暗くしていてよかった。涙で目が潤んでいるのを見られずに済んだ。

「ちょっと喉が渇いて目え覚めてん」

舞香はぱたぱたと冷蔵庫に向かい、マグカップにお茶を注いだ。それを一気に飲み干すと、私のそばに近づいてくる。

「なあ、なにしてるん？」

となりに座って、テーブルにあった葛葉の写真を覗き込む。なんで葛葉とお酒を飲んでいるのかと不思議に思っているのだろう。

「ママの命日やから？」

「……それもあるけど、今日は、葛葉の誕生日やから」

「え、そうなん？　今日やったんや。だから今日にパーティするん？」

目を丸くした舞香にこくりと頷いた。

せめて二十三日に、私の心の中だけでも葛葉を祝いたいと思った。かつては家族のように、彼女の幸せを願っていたからこそ。

これは私の、贖罪《しょくざい》だ。

「お母さんは、ママのどこがそんなに好きやったん？」

「えー、難しい問題やなあ。バカ正直なところが好きで――きらいやったかな」

全力で感情をぶつけてくる葛葉がかわいいと思っていたし、同時に、なんて残酷なんだろう、とも思っていた。

グラスを手にして左右に揺らし、氷の音に耳をすました。

「舞香はなんかあったん？」

「……んー。宇田さんと、ちょっと、喧嘩みたいな、感じ」

様子がおかしかったのは正しかったらしい。舞香はもじもじしながら答えた。

「へえ。またなんで？」

「宇田さんの好きな男子が、わたしのことが好きらしくて……でもそんなんわたし知らんし、そもそも隆史もいるから冷たく接してたら、怒られた」

なかなかややこしい状態のようで、返事が難しい。

「なんでなん、て聞いたら、舞香はかわいいからうちの気持ちはわからんねんって言われて。だから、わたしも宇田ちゃんに宇田ちゃんもわかってへんやん、て」

「わからへんのが当たり前やで」

口を尖らせる舞香に、はっきりと言う。

「わかってもらえると思うのが間違ってるねん。わからんねん。自分以外に自分の気持ちなんかどうしたって伝わらんよ」

「それ言ったら話終わってまうやん」

ははは、と笑ってしまった。

そうとも言える。でも。

「わからんからって諦めたらあかんけど、わからんくてもいいと思って接していけばええねん」

「……よく、わからへんな」

「わからへんのが当たり前なら、わかってもらわんくても気にならんやろ。わかってもらえたら、うれしいやろ」

わかり合う必要はない。わかろうとそう思うだけでいいし、ときにはわかったふりをしてもいい。わからないのがだめなのだと、そう思わなければいい。わからないからなんだと、当たり前じゃないかとそう胸を張っていい。

私には、母親の葛葉が死んで、私と遊の家にやってきた舞香が、なにを思いどう考えているのかは、わからない。そして、私の気持ちも、舞香はもちろん遊にもわからない。でも、それでいい。

今の私を見て、好きなように感じてくれたらいい。

たとえ、葛葉の死を招いたのが私だとしても。

本当にあの日の私は葛葉が車で来ている可能性を考えなかったのか。酩酊《めいてい》状態ではなかったとはいえ、一杯目ですでに酔っぱらった葛葉がさらにお酒を飲み続けても止めようとはしなかったのは、なぜなのか。

あれからいつも考えている。

私は本当に、あの日の写真を遺影にするつもりだったのではないかと。

そしてその結果、舞香はわたしの家に来た。もちろんスムーズにことが進んだわけではないし、遊との結婚も決まったところだったのでそれはもう大変の二文字では言い表すのが難しいほどだった。

けれど、子どもができないかもしれない私と遊の元に、舞香は来てくれた。そして、家族になってくれた。そのおかげで遊以外の誰にも、私が不妊症かも知れないことを伝えずに済んでいる。

私は幸せだ。

新しい家族を、母親という立場を、葛葉が私にくれたから。

恵まれた家庭環境はもちろんのこと、葛葉と過ごした時間も、妊娠できないかもしれないと苦しんだ日々も、すべて、今の幸せにつながっている。

「ありがとう、葛葉」

ミントの匂いを味わいながらモヒートを口にする。となりの舞香が「なんでお礼なん?」と言ったので、

「舞香を産んでくれたからな」

と答えた。

葛葉がいてくれて、そしていなくなってくれたから、私は幸せだ。

ごめんな、葛葉。

この謝罪は、誰にも届かない。誰にもわからない。

5

「ただいま」を言わせて

わたしは、自分はけっこう強いんじゃないかと思っていた。

けれど〝受験〟という単語が飛び交うようになった中学三年生になってから、ずっと気持ちが沈んだまま浮上しない。勉強が億劫だからとか、そういう理由だったらよかったのにと思う。

「舞香、そろそろ本当に決めんと。来月から願書受付やねんで？」

ダイニングテーブルの前で、お母さんが額に手を当ててわたしに言った。

「わかってる、けど」

毎回同じ言葉を返すからか、お母さんは大きなため息をついて「けど、なんなん？」とやさしく言った。わたしを急《せ》かしたい気持ちを必死に押さえ込んでいるのだとわかる。ソファにいるお父さんは、ミドリを抱きしめながらハラハラした顔でわたしたちの様子を窺《うかが》っていた。視界のすみにオロオロしてテレビを見たりこっちを見たりと落ち着きのないお父さんの姿が入り込む。

「まだ決まってないの舞香だけやって」

「わかってる」

「わかってるならせめてなにを考えてるんか教えてくれやん？　悩んでるなら相談に乗るし、気になることがあるなら調べるから」

そう言われて、ぐっと言葉を詰まらせ黙った。

今すぐこの場から逃げだしたくなる。でも、そんなことできない。

お母さんの言っていることは正しいし、中学三年生の十二月に入ったというのに、未だに進路に悩んでいるわたしが悪い。

どうにかしなくちゃいけない。

でも、どうしたらいいのかわからない。

しゃべろうとすると喉がぎゅっとすぼんで声が出なくなってしまう。

夏休みから駅前の進学塾に通わせてもらって、とりあえずの志望校は奈良県のお母さんの通っていた高校にしていた。偏差値では塾の先生にも大丈夫だと言われている。

ただ、わたし自身がそこを第一志望にする、と決められない。

ぎゅっと奥歯を嚙んで俯くと、お母さんはそれ以上なにも言わなかった。

「まだ話してへんの？」

休み時間に隆史に言われて、「うん」と力なく答えた。

隆史は窓から顔を出し、腕を組んで考える。そしてなにかを言おうとして、でも言いにくそうな顔をわたしに見せてから、目をそらした。

隆史がなにを言いたかったのは大体察しがつく。

そして、悔しいことにそれが間違っていないことは自分が一番よくわかっている。でも、それだけでもないので、隆史にすら相談ができない。

「なに深刻な顔してんの」

にゅっとわたしと隆史のあいだに宇田ちゃんが顔を出した。

「っていうか、隆史、休み時間のたびに舞香に会いに来てへん？　あんた友だちおらんの？」

「そんなわけないやろ。進路の相談しとんねん」

宇田ちゃんとは三年間同じクラスで、今では友だちだと自信を持って言える関係になった。去年一時期ギクシャクしたけれど、お母さんに言われたことを思いだし、わからないのが当たり前なのだと思って宇田ちゃんと話をしてから、今では元の仲のいい関係だ。わたしの家に遊びに来たこともあるし、わたしが宇田ちゃんの家に行ったこともある。

隆史とは結局三年間一度も同じクラスになれなかったけれど、今もつき合いは続いている。

「進路って、舞香、隆史と同じ高校ちゃうの？」

「そう、なんやけど」

言葉を濁すと、宇田さんは「あ、親に私立はやめとけって言われたとか？」と顔をしかめた。そして「うちの親と同じやな」と深く頷く。

「うちの親はケチなんよ。制服がかわいいとかいう理由だけで私立はやめてくれとか言うんやで？　女子高生の制服がどれだけ大事なんかわかってへんねん。ついでにうちの偏差値もわかってへん」

宇田ちゃんは歯ぎしりをしながら言う。進路を決めてからいつも同じ話をしているので、相当私立に行きたかったようだ。といっても、親と大げんかをした結果、その志望校への受験を認めてもらっている。女子校で、大きな白い襟が目立つセーラー服だ。系列の大学と短大もあるから大学受験も楽になるんだと宇田ちゃんはよろこんでいた。

「あー、思いだしたらムカついてきた！」

「なんでそんな怒ってるん？　また高校反対されたん？」

「いや、実は昨日の夜からずーっと喧嘩してんねん。スマホの課金でめっちゃ怒られてさあ。って言っても千円やで？　たった千円！　小遣いから減らしてくれたらええでって言ってんのにめっちゃキレられたねん！」

ムカつくわあ、と宇田さんは拳を作って震えている。

スマホのゲームで課金をしたことがないからよくわからないけれど、たしかに千円だったらいいような気もする。たまに数万使ってスマホを取り上げられたという話も聞くくらいだ。

「むっちゃムカついたから、うち今無視してんねん」

腰に手を当てて、ふんっと宇田さんがふんぞり返る。

「最近家がほんまにいややわー。こっちは受験勉強で必死こいてるってのにさあ」

「あーそれはちょっとわかるな」

舌打ち混じりに宇田さんが言うと、隆史が同意した。

「受験前やからっていうのもあるんやけど、すげえ口うるさいんよな。わかってるしってことばっかり言ってくる」

「そう！　それ！　しかもうちん家なんて、最近お父さんメタボでさあ、めっちゃかっこわるいから一緒におるんもいやんなるねん。怒られたら余計にムカつく」

お腹をぱしぱしと叩きながら宇田さんは文句を続ける。それに隆史が頷く。

家族のことをこんなふうに言えるって、すごいな。

わたしにはできそうもない。そもそもお父さんはメタボじゃないというのもあるけど。でも、隆史や宇田ちゃんだけではなく、反抗期、というものに突入したのか、ほかのクラスメイトの多くも親の悪口を言っていたり、喧嘩をしたりという話をよくしている。

なんか、すごいな。

絶対に切れないつながりのようなものを感じるから、余計に。

宇田ちゃんはわたしたちに愚痴を吐きだしてから、最近いい感じになっているという男子の姿を見かけて走って行った。

「なんか、忙しい奴やな」

「元気よな」

宇田ちゃんと話していると、なんとなるかもしれない、という気分になる。あんなふうになれたらいいな、て。

「でも、舞香ほんまにそろそろ言わんなやばいで」

「……うん」

一気に真面目なトーンになった隆史に言われて、しゅるしゅると気分が沈む。

「なに悩んでんの？　おれと一緒のところ行くんちゃうん？」

「行く、と思う。けど」

歯切れの悪い返事しかできないことに、自分でいやになる。

「私立やし早めに言ったほうがええと思うで」

隆史の正論に、せやな、としか言えなかった。

わたしの現時点での志望校は、大阪にある私立の共学校だ。その理由は、隆史の第一志望だから。それ以外の理由は、ない。

それは、なんて不純な動機なのだろうと思う。

隆史がそこに行きたい理由は、父親がその学校の卒業生で、話を聞いて惹かれたからだと言っていた。どうやら隆史は父親と同じ建築士という職業にも興味を持っているらしく、その高校の系列大学の建築科への進学を考えている。

隆史にはちゃんと夢がある。夢がなくても、宇田ちゃんのように制服で高校を選ぶのもいい。自分の目的のために選んで行動しているふたりは、同じくらい眩《まぶ》しく映る。

自分にはなにもない。ただ、隆史と離れないためだけ。

そんな理由で高校を選んでいいのだろうか。

小学校から一緒である隆史と同じ高校に通いたい。なのに、自信を持ってその進路を選べない。お母さんたちに伝えることができない。

それはきっと——ママのようだと自分で思うからだ。

彼氏に、お母さんに、依存し続けたママのようで怖い。

お父さんとお母さんはわたしが行きたい高校を口にすれば、すぐに頑張れと応援してくれるだろう。理由が隆史であっても。だからこそ、二の足を踏んでしまう。もう、後戻りはできないんだと、そう思うから。

……わたしは、後戻りがしたいんだろうか。

「あのさ」

ぼーっと考えていると、隆史がじっとわたしの顔を覗き込んだ。

「なに？」

「別にええねんけどさ」

回りくどい言いかたに「なんなん」ともう一度訊く。

「舞香、なんか、最近かわったよな」

その言葉がいい意味か悪い意味かくらい、すぐにわかる。

「なにをそんなひとりで悩んでるんか、わからん」

「……わかってるくせにいやみな言いかたせんといてよ」

どうせ、お父さんとお母さんに気を遣っているからだと思っているくせに。

そうだよそのとおりだよ。

「わからん」

「なにがよ」

「昔の舞香やったら気を遣ってたって、こういうことはちゃんと親に話してたやろ。

でも、今は言わんことが気を遣うことやと思ってるん？　せやったら、やっぱり舞香はかわったな」

「……なんなんよそれ」

隆史は「べつに」とわたしの怒りに気づいているのにいつもどおりの落ち着いた雰囲気でわたしを見た。まっすぐに、わたしのすべてを見透かすように。

「言いたいことあるなら言えばええやん——おれに。昔みたいにおれを突き飛ばせばええねん。いやならいやって言えや。いつまでも引き延ばせるもんちゃうんやから」

「意味わからん、そっちこそ言いたいことあるならはっきり言いや」

廊下と教室で不穏な空気を発しはじめるわたしたちに、まわりの生徒がちらちらと視線を向けてくるのがわかった。

隆史はじっと私を見つめてから、ため息をついた。なんで怒ってるのかわからない。

「舞香は気を遣ってるつもりで、単に逃げてるだけやからな。そんなもん気を遣ってると思わんといてほしい」

「……なんでそんなこと言われなあかんのよ。わたしはただ、一緒の学校に行きたいけど、って。でも、その、なかなか言えやんし、もし、あかんとかなったら隆史に悪いって思って」

「いつから舞香は誰かのせいにするようになったん?」

べつにそんなつもりはない。

そう言いたいのに、言葉が出てこない。

「どうせ親が、とか、おれが、とか考えてんねんやろ。自分のことなんやから、人のせいにすんなや」

隆史の不機嫌そうな表情と厳しい口調に、体がびく、と震える。

戸惑い、なにも言えないでいると、隆史は呆れたように肩をすくめて、自分の教室に戻っていった。

なんなん。

なんで、怒るんよ。

全然、わからん。アホ。

唇を噛んで、隆史の背中を見つめながら心の中で悪態をついた。


土曜日の朝、ソファで横になりながら再放送のサスペンスドラマを観た。

隆史とはあれから一度も顔を合わせていない。ムカつくから会いたくない。

そしてもちろん、未だに進路の話もお母さんにできていない。

二学期の終業式までには答えを出さなければいけないのに。お母さんも顔を合わすたびにどうしたらいいのか悩んでいる様子で、わたしから目をそらす。お父さんはスーパーに買いだし中で、お母さんとふたりきりだとちょっと気まずい。

ドラマの中ではちょうど犯人が崖に追い詰められて、今までの事件の全貌や動機などをペラペラしゃべっていた。そこに、昔犯人を捨てたという母親が泣きながらやってきて、ごめんなさいと謝る。そして、なぜか犯人は母親を抱きしめた。

今、わたしの目の前にママが現れてもわたしは抱きしめたくはない。たとえ謝られたとしても。

ママと一緒に暮らしたのは一年ほどしかない。今のわたしには、ママだけれど、ママという名前の一時期わたしと暮らしていた人、という感覚だ。

生まれてから十五年。すでに半分以上をわたしはお母さんとお父さんと一緒に過ごしてきた。それはもう、家族と呼べるものだと、思う。

でも。

やっぱり、血のつながった両親ではない。

ママと友だちだっただけのお母さんが、そして、お母さんと結婚していたお父さんが、わたしを受け入れてくれただけ。

――『あんたたち、そろそろ自分たちの子どものことも考えたら？』

その話を聞いてしまったのは、今年の夏休みだった。お母さんの実家に帰ったとき、おばあちゃんが、お父さんとお母さんにそう言っていた。

『舞香ちゃんもひとりっこじゃさびしいんじゃない？』

『もう舞香ちゃんも高校生になるんやし、大丈夫よ』

その言葉には悪意がなかった。

おばあちゃんはいつもやさしい。わたしを見ると本当の孫のように目尻を下げて甘やかそうとしてくれる。

おばあちゃんのセリフを聞くまで、そんなこと考えもしなかった。

たしかに、お父さんとお母さんには子どもがいない。血のつながった本当の子どもが。結婚してすぐに引き取ったわたしに気を遣っていたのだろうか。

わたしも高校生になれば、子守くらいはできるし、家事だって手伝える。今では料理もそれなりにできるようになった。妹か弟かできれば、楽しいだろう。

――けれど。

そのとき、わたしはこの家に居場所があるんだろうか。

本当の子どもができたらわたしは家族ではなくなる。どうしたって疎外感を抱くだろう。

お母さんとお父さんがわたしを追いだすなんて不安はもう、ほとんどない。

日々を積み重ねて、わたしはふたりがいるこの家が自分の家だと感じている。

でも、だからといって、喧嘩をしたり文句を言ったりはしないし、気遣いは今も忘れてはいない。忘れてはいけない。そのくらい脆《もろ》い関係だとわかっているからだ。

もしもわたしがママではなくお母さんと血のつながった親子であれば、不安になんてならなかった。喧嘩をしたってなにも考えずにこの家に帰ってきただろうし、出てくる料理をふくれ面で食べることもあったかもしれない。

進路相談も、気兼ねなくできただろう。

たぶん、気を遣うことなく、自分と向き合えた。

本当の家族であれば。血のつながった誰かがいれば。

なんて、今さらすぎる、どうしようもないことを考える。

もしママが生きていたら、ほんとに目の前に現れたらドラマみたいに抱きしめたくなるのだろうか。

血のつながりって、やっぱり特別なのだろうか。

にゃあと寄ってきたミドリを抱きしめて、ミドリはいいなと思う。ミドリは本当の家族のことなんてなんにも考えないだろうし、疎外感もきっと抱かない。

——『言わんことが気を遣うことやと思ってるん？　せやったら、やっぱり舞香はかわったな』

隆史に言われたセリフを思いだし、じゃあどうしたらええねん、と心の中で舌打ちした。

そのとき、玄関のチャイムが鳴る。

お母さんがキッチンから出てきてインターフォンに出る。なんとなくその様子を眺めていると、カメラに見知らぬおじさんが映っているのが見えた。

「初めまして、舟橋《ふなはし》と申します」

マンションのエントランスでそう言った男性に、お母さんは眉根を寄せる。スーツ姿ということもあり、なにかのセールスだと思ったのか「けっこうです」と画面を消そうとした。そのとき。

「――葛葉の子どもの、父親です」

その人はそう言った。

……わたしの、パパ？

予想だにしない言葉に、目が見開く。

お母さんは茫然とその場に立ち尽くし、ちょうど帰ってきたお父さんがお母さんの様子を見て対応をかわった。そして慌ただしくそのおじさんを家に迎え入れた。

「舞香は、部屋におり」

「え、で、でも」

「いいから」

まるでわたしを追いだすみたいに部屋に押し込まれた。

そんなことされたって、じっとしていらない。だって、わたしのパパだ。わたしに関係のある人だ。

こっそりと部屋を出て、リビングの扉からお父さんたちの様子を探る。廊下は冷えるが今はそんなことはどうでもいい。

その父親だと名乗った男性は、お父さんとは比べものにならないほど老けて見えた。髪の毛も白髪交じりだし、シワも多い。どう見ても、五十歳前後だと思う。身長が高いのでダンディな雰囲気はあるものの、どこか弱々しくて見ていると大丈夫だろうかと心配になる。

あのおじさんが、本当にママとつき合っていたのだろうか。

ママの日記は、二年前にちょっと見たきりで、最後まで読んでいない。その後、一度も手に取ってすらいない。

パパの存在が気にならないといえばウソになる。けれど、知ったからといってなにがどうなるわけでもないと思った。あの日記を読むくらいなら知らないままでいいと思っていた。たぶん、ろくでもない相手だと思っていたのもある。

たしか、パパはわたしの存在を知らなかったはずだ。

生まれる前に別れた、だからお母さんも相手の人のことは知らないのだと、前に聞いたことがある。

なのに、どうしてここに来たのだろう。

なにかの勘違いなのでは。

あのきれいなママがあんなおじさんを選ぶだろうか。昔何度か見かけたママの彼氏はみんな、ママと同い年くらいの男の人だった、気がする。

指を折り、ママの年齢を数える。

今わたしが十五歳で、お母さんは三十六歳、だったはず。お母さんと同い年のママがわたしを産んだのは二十一歳のときだ。ということは、あのおじさんが五十歳だとしたら、当時既に三十半ばだ。十歳も離れている。

「どうして急に来たんですか」

お母さんの声にはトゲが感じられた。

「突然、申し訳ない」

おじさんは丁寧に、そして深々と頭を下げた。とても低くて、あたたかみのある声だ。しばらくそのままでいると、「なんで急に現れるんですか、て聞いているんです」と普段聞いたことのない厳しい口調でお母さんが再び言った。

「まあまあ、かおり、落ち着いて。で、舟橋さん、でしたっけ？　どうしてここに？　舞香の存在を父親は知らないって聞いていたんですが」

お母さんを落ち着かせて、かわりにお父さんが舟橋さんに話しかける。

「知ったのは、一ヶ月前です」

舟橋さんはそう言って、ゆっくりと今までのことを話しはじめた。

ママが不倫をしていたことははじめて知ったけれど、あまり驚きはしなかった。なんとなく、パパがいないということはそういうことなのかなと思っていた。やっぱりろくでもない。思ったとおりだ。

ただ、舟橋さんはママのことを本当に好きだったようだ。バーで出会ったさびしげなママに笑っていてほしいと、そう思ったのだと。

そして、ママも舟橋さんのことを好きだったらしい。日記のママのようにそうとう依存していたのかと思ったら、舟橋さんとつき合ってからのママは、いつも笑っていたらしい。

舟橋さんはずっと、ゆっくりとしたしゃべりかただった。聞いていると心地がいい。不思議と安心感を抱く。見ためはあんなに頼りなさげなのに。

ママも、舟橋さんにわたしと同じようなことを感じたのかもしれない。だから、惹かれたんじゃないだろうか。それに、どことなくさびしそうな雰囲気は、放っておけない感じがある。

「葛葉はたまに、いろんなことに不安になるのか泣いたり怒ったりする日もありましたが、そんなところもすべて含めて、かわいいと思っていました。、ずっとさびしい思いをしてきた彼女を、大事にしようと、本当に思っていました」

「だったら不倫じゃなくて、ちゃんと離婚してからつき合えばよかったんですよ。葛葉が妊娠したことを言えなかったのは、言わずに姿を消したのは、あなたのことを信用してなかったからなんじゃないですか？」

——信用してない……。

ちりっと、胸が痛む。

ママが、わたしのことを言っているみたいに聞こえてきて、苦しくなる。

「……本当に、妻とは離婚するつもりでした。でも、妻が病気になり——」

「知りませんよ、そんなこと。けじめをつけずに葛葉とつき合ったことにはかわりがないですから。そのせいで舞香は——」

お母さんは舞香が不倫相手の子どもだと知っていたらしい。そして、ママが舟橋さんに妊娠を告《つ》げずに姿を消してひとりで産んでいたことも。

お母さんの言葉を、舟橋さんは沈痛な面持ちで聞いていた。

小さく頷くその姿は、自分を責めているようにも見える。

たぶん、タイミングが悪かったのだろう。妊娠と病気、どちらが先で、ママがなにを思い、愛していた舟橋さんの前から姿を消したのかはわからない。けれど、ママは舟橋さんのことを、本当に好きだったのではないかと、そんな気がした。

だとしたら、わたしは、ちゃんとママが愛した人の子どもだった。

それは少し、救われる。

ずっと、わたしはママにとって邪魔なだけの存在だったんじゃないかと思っていた。

本当は産みたくなかったんじゃないかと。血がつながっていても、わたしはママにとって家族ではなかったんじゃないかと。

そんなふうに、わたしは思っていた。

結果はどうであれ、わたしにはちゃんと、ママとパパの存在があった。

この人と話してみたい。ママのことを。

それは、家族を知ることになるんじゃないだろうか。

「お願いします、娘と、話をさせてください。一度で、いいんです」

さっきよりも深々と頭を下げる舟橋さんに、お母さんもお父さんも、なにも言わなかった。認めることも、拒否することもできず、唇を噛んでじっと舟橋さんの下げた頭を見つめている。

「わたし、話したい」

このまま蚊帳《かや》の外で話が終わってしまうような予感にいても立ってもいられなくなり、ドアを開けてリビングに足を踏み入れた。

舟橋さんとは、明日駅前のお店でお昼を一緒に食べることになった。

「なんでなん」

お母さんはソファにがっくりと項垂れている。

わたしがリビングに現れてから、お母さんはずっと怒りを滲ませた顔をしている。

突然わたしが顔を出したことも、わたしが舟橋さんとここではなくふたりで話をしたいと言ったことも、お母さんは怒っている。

「ええやん、話するくらい」

「なんで話なんかしやんなあかんの。今さら――葛葉の葬式にも顔を出さんかったくせに」

「それはママがもう連絡を絶ってたからやろ」

そうやけど、とお母さんは抱きしめていたクッションに拳をぶつける。

「まあ必死に探偵使ってまで探したみたいやし、一度くらいええんちゃう？」

「遊！」

お父さんは心配そうでもありながらも、わたしの気持ちを尊重してくれた。味方についてくれたことに、ほっと胸を撫で下ろす。

「遊は舞香のこと自分の娘やと思わんの？」

「なんでそんな話になるん。それとこれとは関係ないやん。舞香に血のつながった父親がいるんは事実なんやし。だからって舞香が家族なのはかわらへんやろ。別にあの人が舞香を引き取りたいとか言ってるわけちゃうやん」

「そんな話するんやったら絶対会わせん！」

「だからちゃうからええやろって！」

珍しくお父さんがお母さんに厳しい口調で言う。その瞬間、お母さんは顔を歪ませてショックを受けたように黙りこくってしまった。肩を落として、クッションに顔を埋める。お母さんのあまりの落ち込みように、お父さんはバツが悪そうに頭をかいた。

「お母さんは、わたしを信用してくれへんの？」

そう言って、お母さんに近づく。

話をしたいだけだ。血がつながっている人に対して、自分がどう感じるか知りたいだけ。パパという存在と、対面してみたいだけ。

怯えるお母さんを見ていると、わたしはもういなくなるのだと、そう思われているような気がしてくる。いやがってくれているのに、それをうれしいとは思えなかった。

「……舞香も、私を信用してへんやろ」

「かおり」

お父さんがあいだに入る。けれど、その言葉はわたしの耳にしっかりと届いた。

そんなことない、と瞬時に返すべきだった。わたしも、お母さんも、否定をすべきだった。

ずっと、不安を抱いていた。いつか、自分が悪いことをしたら、ふたりにちょっとでもきらわれてしまったら、この家を追い出されるのではないかと思い続けてきた。幼いときからずっと。

今はそれほど思ってはいない。

けれど、信用しているのかと言われると、わからない。たぶん、していない。この先もずっと〝信用〟はできない気がする。

気を遣うことで幸せを、わたしの住む家を、守ってきた。

今までも、これからも、そうしなければいけないと思っていた。

それに、お母さんは気づいていた。

――『葛葉が妊娠したことを言えなかったのは、言わずに姿を消したのは、あなたのことを信用してなかったからなんじゃないですか?』

お母さんのセリフを思いだす。

「葛葉も、私じゃなくて血のつながりを、選んだ。あんな最低な人たちやったのに」

お母さんが悔しそうに唇を噛む。

「舞香だって、私になんの相談もしてくれへん！」

「お母さんだって同じやんか！」

そばにいたミドリが、びくんと体を震わせて体を低くした。

はじめから、この関係にはなんにもなかったんだ。

最初から、今まで全部。

笑っていた思い出もすべてがこの瞬間、粉々に砕け散る。同時に視界が弾けて、なにも見えなくなる。

「お母さんだって、わたしの前で自分のことを〝お母さん〟って言わんかったやん。お父さんは〝お父さん〟って言うのに、お母さんは自分のこと、ずっと〝私〟って呼ぶやん。それは、お母さんがわたしのお母さんやと思ってないからちゃうん！」

ずっと気になっていた。

お母さんはいつも、わたしにママの存在を忘れないように、ママの存在を刻もうとしていた。毎日手を合わせるように言い、ときにわたしに『葛葉に似てる』と言う。

自分は母親ではないのだと、そうわたしに伝えているような気がしていた。

「それは……」

「そのうちお母さんは自分の子どもを産むんやろ！　そしたらわたしなんかいらんくなるんや！　わたしは家族じゃないから！」

「舞香！」

わたしの声を、お父さんが遮る。

お父さんが、はじめてわたしに声を荒らげた。目を吊り上げて、けれど今にも泣き出しそうなほど顔を歪めていて、言葉を失う。

お母さんは、時間が止まってしまったみたいに固まっていた。顔を、紙みたいに真っ白にして。


お母さんとお父さんの本当の子どもだったらいいのにと思っていた。

今も思う。ずっとこの家で暮らしてきて、おいしいご飯を三人で食べるたびに、強く強く、思うようになった。

もしもお母さんと血がつながっていたら、お母さんを傷つけることはなかった。お父さんを悲しませることもなかった。そもそもあんな会話は存在しなかった。パパが現れることも、そのことでお母さんが不安になることも、なにも。

家族じゃないから、こんなことになるんだ。

もうだめだ。なにもかもが終わりだ。

あんなふうに感情的になるなんて、最悪だ。

「舞香」

ぐすぐすとベッドの中で泣いていると、お父さんの声が聞こえてきた。

洟《はな》をすすって顔を上げると、お父さんが眉を下げてベッドに腰掛ける。あれから一時間以上泣き続けているので、わたしの顔も頭の中も、ぐちゃぐちゃだ。いったいなにがこれほど涙を流させるのか、自分でもわからない。

顔が火照っていて、寒さも感じない。

なのに、体が小さく震えている。

「かおりも泣いてるわ」

「……そんなん、知らん」

ふいっとそっぽを向くと、頭にお父さんの手が添えられた。

「かおりは、舞香のことめちゃくちゃ好きなんやで」

「知ってる」

考えるよりも前に、そう答えていた。

そんなことはわかっている。そして同じくらいわたしもお母さんのことが好きだ。

ただ、お互いに信用していないだけ。

好きだから、それが悲しい。

家族であれば、そんなことはないはずなのに。

「俺は、かおりと一緒に暮らしたかったから、結婚してん」

突然、お父さんはよくわからない話をしはじめた。

「好きやから。信用してるから結婚したわけちゃうねん」

「なんで？　なにそれ。どういうこと」

「知られたくないことがあんねん。知られたら俺はかおりにきらわれるやろな。かおりは俺の全部を知っても好きでいてくれる、とは思えへんから。自分のことを信用できへんからや。たぶん一生信じられへん」

思わず、体を起こしてお父さんの顔をまじまじと見つめた。

お父さんは、そんなわたしを見て微笑んだ。

「そんなことない、とか、そんなん家族ちゃう、とか言う人もおるかもな。でも、俺はただ、かおりと一緒にいたかった。だから、プロポーズしてん」

だからええねん、とお父さんが目を細める。

よくわからないけれど、お父さんにはお母さんの知らないなにかがあるらしい。そて、すごく幸せそうだ。

「じゃあ、わたしのことは？　わたしには言えるん？」

「舞香にも、言わへんよ俺は。舞香に幻滅されたないからな」

にやりと、悪巧みをするような少年の顔をされてしまった。

それは、〝信用していない〟という意味なのに、どうしてかあまりショックを受けなかった。むしろ、お父さんからの愛情を感じた。

お父さんと同じようにベッドに腰掛ける体勢になり、となりに並んだ。

「お父さんは、なんでわたしを引き取ってくれたん？」

ふたりは結婚したばかりだったはずだ。なのに、どうしてわたしを自分たちで育てようと思ったのだろうか。ふたりは、これから自分たちの家族を作ることができたはずなのに。

お父さんにとってわたしはなんの関係もない他人の子やのに。

「かおりが幸せになれると思ったから。かおりが幸せやと、俺もうれしいし幸せやし。それは舞香も幸せにできることやろうなって思ったから」

「……お母さんは、幸せやったん？」

「幸せじゃなかったように、舞香には見えるん？」

首を振って否定すると、お父さんは小さく頷いた。

「かおりが、謝りたがってるわ」

お父さんはそう言って、わたしの手を握りしめる。わたしもその手をしっかりと握り返し、立ち上がった。

「お母さん、ごめんなさい」

けれど、それはお母さんからの謝罪を聞くためじゃない。

ソファで丸くなっているお母さんに、すぐに跪いて謝った。

「なんで舞香が謝るんよ。抜け駆けせんといてよ」

「そんなこと言われても」

顔を上げたお母さんは、拗ねたように口を尖らせていた。

お母さんは泣くと子どものようになるらしい。さっきまでわたしも同じようにぐすぐすと泣いていたくせに、自分のことを棚にあげてそんなことを思う。そうか、お母さんもわたしと一緒なんだ。

「私は、葛葉を家族やと思ってた。でも、違ってん」

お母さんが涙を拭ってママの話をはじめる。

「葛葉は私とおると惨めやったって。私はなにもわからへんからって。私だけが、葛葉を家族と思ってたんやって知って、めっちゃ悲しかった。舞香にもそんなふうに思われたらって、怖くなるねん」

お母さんはママのことを思いだしていた。

「十年経って再会して、痛感したわ。結局私は葛葉の家族じゃなかったし、私も葛葉のことをもうそんなふうには思えなくなってた。だからずっと、葛葉の家族じゃない他人の私が、葛葉の家族を――舞香を――奪ったような、そんな気がしてた」

でも、とお母さんはわたしに手を伸ばし、やさしく抱きしめる。わたしの首元に顔を埋めて、「舞香のことが大切やねん」とか細く震える声で言った。

もう涙なんか涸《か》れたと思うくらい泣いたのに、また止まらなくなる。

「お母さんは、なんでわたしを引き取ったん？」

「幸せになるために」

間髪容れずに、お母さんが答える。

「みんなが、私も遊も、舞香も」

それは、わたしの気持ちと同じだ。

「舞香は、幸せじゃなかったん？」

けれど、その質問にはなにも答えられなかった。

幸せもあった、けれど、不幸せな瞬間もあった。


窓の外は青空が広がっていた。

雲はひとつも見当たらず、澄んだ空気がきんと冷え切っている。

昨日のわたしは隆史のことや進路のことで、いろんなものが我慢できなくなっていたのだろう。それもあってはじめてお母さんとお父さんと喧嘩、みたいなことをした。

でもそのおかげで、今はいろいろな気持ちが少し落ち着いた。

とはいえ、今からパパとふたりで話をするのだと思うと、緊張してしまう。昨日はすでに目の前にいたこともあり、なんとも思っていなかった。だから大丈夫だと思ったけれど、自分の足でパパの元に向かうのだと思うと、やっぱりやめようかな、なんて思ってしまう。よく知らないおじさんとランチをする、という感覚だ。

それでも、パパに会いたくない、話したくない、とは思わない。

ちらりとお母さんを見ると、わたしと同じように泣き腫らした顔でそわそわと落ち着きなく家の中を歩き回っている。いつもはしないような場所を念入りに掃除をすることで、どうにか平常心を保とうとしているらしい。もしかするとわたし以上に緊張しているかもしれない。お父さんはというと、ソファで昼寝をしていた。

「あ、舞香。ちょっとミドリにご飯あげて」

「はあい」

お母さんの足下でにゃあにゃあ鳴いていたミドリは、ご飯という単語に反応してわたしに近づいてきた。

「あ、ついでに寝室に養生テープがあるから取ってきてくれへん？　細いやつ」

「なにするん、そんなん」

「キッチンの整理や」

よくわからないけれど、言われたとおりにミドリにご飯をあげてから寝室に入る。

養生テープがどこにあるのかわからないので、とりあえず押し入れを開けてみる。けれど、服が並んでいるだけでそれらしいものは見当たらなかった。

下に置かれている収納ケースの抽斗を引き開けて中を覗く。どうやら当たりだったらしくテープ類が入っていた。でも、ガムテープと透明テープと雑誌や新聞をまとめるために使う紐しかなく、養生テープはない。

「奥かな」

抽斗を思い切り引き出し奥に手を入れる。と、そこに似つかわしくない金属の冷たい感触がした。

工具だろうか。もしも怪我をするものなら危ないと横着せずに中身をゆっくりと取りだした。

そこにあったのは、ひとつのＺＩＰＰＯだった。

「……なんでこんなところにあるんやろ」

お父さんの服から落ちていたのだろうか。お父さんに渡してあげようと思った瞬間、目に飛び込んできた柄に、思考が停止する。

葉っぱや蔦の絵が描かれている。そしてすみには、筆記体で〝Ｋ〟と名前も入っていた。

わたしはこれを、知っている。

――これは、ママの、ＺＩＰＰＯだ。

でも、なんでこれがここにあるのだろう。

最後の日、ママはＺＩＰＰＯをなくしたと言ってなかっただろうか。朝出かけたママが、珍しくまだ明るい時間に帰ってきて、イライラしながら言っていたような。

お母さんがママの持ち物を受け取ったのかもしれない。前に荷物が届いていたし。なにかに紛れてこんな場所に落ちたのかも。

ちょっと、不意打ちでびっくりした。

「舞香、あったかー？」

お母さんに起こされたのか、お父さんが目をこすりながら部屋に入ってきた。そして、わたしの手にしていたものに気づき目を見張る。

けれど、瞬時に顔に笑みを貼りつけた。

「あ、それ、探しててん。どこにあったん？」

「えっと、ここ、に落ちてた」

「あーそっか。見つけてくれたんやな」

差しだされた手に、ＺＩＰＰＯをのせる。お父さんはそれをぎゅっと握りしめてから「養生テープはここやで」とあたしの探していた抽斗のとなりの抽斗をあけた。養生テープを二本取りだしてわたしに手渡す。

ありがとう、と言って先に部屋を出た。

どういうこと、だろう。

手には、まだZIPPOの触感が残っている。

あれはママのライターだ。間違いない。

わたしがZIPPOを持っていたのを見た瞬間のお父さんは、驚き、焦っていた。

わたしが見つけてはいけなかった、ということだ。それは、あのZIPPOがママのものだから、そのことを、お父さんは知っていたからじゃないだろうか。

なんで、お父さんは知っているのか。

――お父さんとママは、知り合いだったのだろうか。

そんな話は今まで一度も聞いたことがない。お母さんがときどきママの話をするときも、お父さんは黙ったままなにも言わなかった。

もし知り合いだとしたら、お母さんは、知っているのだろうか。

――『知られたくないことがあるねん。知られたらきらわれるやろな』

昨日のお父さんのセリフが、脳内に響く。

もしかして、これが、お父さんの知られたくないことなんじゃ。

そして、わたしも、知ってはいけないことだった。

心臓が早鐘を打ちはじめ、呼吸が乱れていく。

いったいなにが起こったのか。

どういうことなのか。


いつからお父さんはママのＺＩＰＰＯを持っていたのだろう。

お父さんとママの関係はなんなのだろうか。

ママが死んだのは、年末間近の十二月二十三日だ。

お父さんとママが会っていたとするなら、二十三日の昼頃だろう。あの日、昼過ぎに家に帰ってきたときには、ママはすでにＺＩＰＰＯを持っていなかったから。そして、そのあと再び誰かに会いに出かけて、事故に遭った。

お父さんが夜に会った相手なら、ＺＩＰＰＯを持っているのはおかしい。それに、一日に二度も会うというのもしっくりこない。

十二月二十三日。

日付を頭の中で繰り返す。

そういえば、ママの誕生日も十二月二十三日じゃなかったっけ。昨年、お母さんが、その日にひとりでママの写真を見ながらお酒を飲んでいたときに教えてもらった。

冷たい手を広げ、指を折り数える。

ママが、お母さんと約束を交わしたのは、十七歳になる年。そして、それから十年後が二十七歳で、それは——ママの亡くなった年だ。お母さんと約束をした十年後の誕生日に、ママは死んだのか。

昨日お母さんは間違いなく、約束の十年後のにママと会ったと、そう言っていた。

その日が、ママの誕生日とは、限らない。

でも、でも。

その場で膝から崩れ落ちそうになる。

冬の寒い日、わたしに手を差しだしてきたあの日。

——『ほら、行くで、舞香』

——『ええ人に会わせたるわ』

ママはわたしを誰かに会わせようとした。

あれは、お母さんだったのではないだろうか。

ママには、お母さん以上に大切な人が、わざわざわたしを連れて行ってまで会わせようとする人が、いるはずない。

お酒、タバコ、オイルの切れたライター。

お母さん、お父さん、そしてわたし。

息が、止まる。

「舞香、そろそろ行かなあかんちゃう？」

お母さんの声に、弾かれたように顔を上げた。

「え？　あ、うん」

はっとして時計を見、オロオロしながらカバンを手にして玄関に向かった。頭の中がぐるぐるしていて、視界も揺れている。

「気をつけてな」

「……うん」

見送ってくれたお母さんの顔を、直視することができなかった。

パパに会うどころではない。そんなことより、今日知ってしまったことをどうにか処理しなければいけない。

ずっと、心臓がバクバクしている。

「なんつー顔してんねん。っていうか気づけよ」

びくんっと大げさなほど体が跳ねる。目を剝いて声のしたほうを見れば、エントランス前に隆史が壁にもたれかかって立っていた。いつからいたのか、鼻が真っ赤になっている。

「なに、してるん」

「ちゃんと話をしなあかんなって悩んでたら、舞香が出てきてん」

「え？　あ、ああ、そうか」

隆史の姿に、さっきまで混乱していた気持ちが、ほんの少しだけ落ち着きを取り戻す。けれど、表情がうまく作れず、引きつってしまう。

「どこ行くん」

「……パパ――実の、父親に、会いに」

「は？　なんで？」

隆史が大きな声を出して驚く。

「なんかたまたま、そういうことになっただけ」

今はちゃんと説明する余裕がない。頭が回らないので話は今度にしてもらえないだろうか。

「なんで会いに行くん？　他人やん。しかもなんでそんな暗い湿気《しけ》た顔してんねん」

他人やん、とはっきり言われて、足が止まった。

隆史はきっとわたしが血のつながりのある家族に惹かれていたことに、気づいていたのだろう。もちろん、本気でパパの存在を望んでいたわけではないことも。

ただ、信用できる、安心できる関係になりたかったことに。

隆史は肩をすくめてわたしのとなりに並んだ。そしてゆっくりと歩きはじめる。

「おれ、舞香がずっと家族になじめてへんと思ってたやん」

いつの話かと聞き返そうとして、小学生のときの会話を思いだす。

隆史のことが大きらいだったときのことだ。そしてその理由が、隆史のその考えのせいだった。

「でも、あのとき舞香はそれでいいって言ってたやん。あのときはあんまりわかってなかったけど、でも、舞香とつき合ってからなんとなくわかってきた気がするねん」

「どういうこと」

日差しが眩しすぎて、視界がかすむ。

「大切なもんを大切にするには、気を遣うべきなんかなって。自分のために」

「意味わからん」

「なんでやねん」

漫才みたいなテンポのいいツッコミに、隆史がわたしの気分を上げようとしているのがわかった。隆史はいつだってわたしから発せられる空気を感じ取るのがうまい。ただ、感じかたに多少誤差があるけれども。

でも、それは当たり前のことだ。

自分でも曖昧な気持ちを、自分でない誰かがわかるはずがない。

「おれには、舞香の家は普通やと思うけどな。むしろおれの家よりずっと、すごい絆のある家族やなって」

「――そこに、罪が隠されているかもしれなくても？」


ママは飲酒運転で、事故に遭った。

脇見運転をしていたのではないかと、そう聞いたことがある。

そして――あの日ママはカバンの中にわたしが火を点けようとした、オイル切れの百円ライターを入れていた。

ＺＩＰＰＯを持っていなかったのであれば、あのライターを使ったかもしれない。

車の中で、タバコを吸おうと何度も火を点けようとしたら、きっと、運転がおろそかになるだろう。もともとママは怒りっぽい。おまけにお酒も飲んでいた。


そこまで考えて、まさか、と頭を振る。

「なんでもない」

「……なんでもないって、なにかあるって言ってるようなもんよな。まあ意味わらん、まま答えると、罪の度合いにもよるやろうけど、幸せならええんちゃう？」

は、と間抜けな声を返してしまう。

「おれは、今、舞香がここにおってくれて、うれしいし」

「そんなんで、ええの？」

「なにがあかんのかわからん。罪は罪やし、ほかの人はどう思うか知らんけど。っていうか、舞香が幸せじゃないんなら話は変わってくるけどな」

「わたしは、幸せなん？」

「実際どうかはおれにわかるわけないやん」

そう言ってから、

「でも、そのために、気い遣ってんねんやろ」

と隆史はわたしを見た。

「じゃあ、幸せなんちゃう？　おれにはそう見えるけど」

わたしからすれば、隆史は幸せな人だった。

友だちもいるし、やさしい家族もいる。寒い部屋でひとりきりにされたことなんて一度もないだろう。親を失ったこともなければ、血のつながらない人と暮らしているわけでもない。

そんな隆史に言われたからこそ、うれしく思った。

私は家族だと、認めてもらえた気がした。

だからさ、と隆史は言葉をつけ足す。

「自分の幸せのためじゃない気の遣いかたは、やめへん？」

隆史は、ずっと前から気づいていたんだな、と思った。

「今の舞香は、気の遣いかた間違ってんちゃう？　昔の舞香は、自分のために気い遣ってたやん。そうしたいからしてるんやって言ってたやん」

小学生の頃のわたしは、自信を持ってそう言っていた。

「今の舞香は、そうしたくてやってんのか？　ちゃうやろ？」

「……うん」

「おれのためにしてるんなら、いらんねん、そんなん。おれがショック受けるとか考えてたん？　なんでショック受けるって決めつけるん」

かつて、わたしが隆史に言ったセリフとよく似た言い回しをされた。

でも、そのとおりだ。わたしは隆史の気持ちを勝手に決めつけていた。

隆史は、いつからわたしの悩みに気づいていたのだろう。

今まで黙っていたのは、わたしの気持ちをわかろうとしてくれたからだと、思う。

隆史の言うように、今のわたしは自分のために進路のことをお母さんに言えないわけじゃなかった。私立だから学費がかかるだとか、隆史と同じ高校に行きたいと言いにくいだとか、そんなわけじゃない。

そもそも、お母さんとお父さんに気を遣っていたわけでもない。

「ほんまはわたし、行きたい高校あんねん」

隆史に、それを言いたくなかっただけ。

一緒の学校に行きたくないのだと、そう誤解されるんじゃないかと不安だっただけ。そのくせ、決断ができなくて、立ち止まってごまかし逃げていた。

「わたし、女子校に行こうと思うねん。栄養士に、なりたいから」

その高校には、栄養士の資格が取れる系列の大学がある。そこに興味があった。

隆史と同じ高校に行ったって問題はない。それでも、諦められなかった。それは、隆史に甘えている自覚があったからだ。隆史はいつも、わたしの気持ちに寄り沿おうとしてくれるから。わたしはそれを、当たり前だと思ってはいけない。

隆史と同じ高校に行きたかったのもウソじゃない。

けれど、隆史とちゃんとつき合っていきたいから。気を遣って大事にしていたいから。それが、ゆくゆく自分の幸せにつながるような、そんな気がする。

「そっか」

隆史は一瞬残念そうな顔をしたけれど、心なしうれしそうに言った。

ふと、隆史にも悩みや不安や不満があるのだろうか、と思った。

誰にも言えない、誰も知らない、隆史だけのなにかが。

わたしには、隆史は幸せいっぱいで、恵まれた、楽しい日々を過ごしているように見える。

「なんなん」

となりにいた隆史が怪訝な顔をしてわたしを見た。

「なんも」

つながった手を、ぎゅっと握る。

そりゃあ、ないわけないよな。わたしにはわからない、なにかが。

わたしと同じように。誰にでも、誰ともわかりあえないなにかが、あるのだろう。


「ただいま」

家の中に呼びかけると、お母さんが目に涙を溜めてリビングから飛びだしてきた。

そして、力強くわたしを抱きしめた。

「おかえ、り」

涙で震える声に、わたしまで泣きそうになる。

「なんでそんな心配してんの」

舟橋さんとはママの話をして終わった。結局のところ、舟橋さんはわたしにとって、ただのおじさんでしかなかったし、どれだけママのことを聞いても、そうだったのかと思うだけだった。ただ、舟橋さんがママのことを本当に大事に思っていたことだけは、心から安堵した。

幼い頃に感じた恐怖は忘れられるはずがないし、許せないけれど、それでも、ママは誰かにちゃんと愛される人でよかったと思う。その結果がわたしという存在だ。

それでいい。それだけでいい。

舟橋さんには、また会ってほしいと言われた。けれど、丁重にお断りした。お母さんたちが心配するから、ではなく、会う理由がもうわたしになかったから。だって、舟橋さんは血がつながっているだけの、他人だから。

「おかえり、舞香」

お母さんの後ろから、お父さんがそう言った。

ここが、わたしの帰ってくる家だ。この先もずっと、この家のドアを開けて「ただいま」と呼びかけたい。そしたらきっと「おかえり」とふたりは言ってくれる。

いつまでも、ふたりに「ただいま」と言えるこの場所が、わたしの〝家族〟だ。


ママの死んだ二十三日、本当はなにがあったのか、わたしは知らない。

すべてはわたしの勝手な想像だ。偶然が重なりすぎているので、そんなことはあり得ないと思う気持ちもある。でも、否定はできない。たしかめるには、お父さんとお母さんに聞かなくてはいけない。

けれど、これは開けてはいけない秘密の鍵だ。

わたしがママの死を願い、よろこんだことは誰にも言うつもりはないし、ライターのことだって鍵をかけて記憶の奥深くに眠らせていたものだ。どんなことがあっても、たとえ隆史に聞かれたって、わたしはそれを口にする気はない。


それぞれがなにかを抱えていた。幸せになるためにそれに蓋《ふた》をして、誰にも見つからないように、自分でさえも開けることができないように、鍵を閉めた。

わたしは、自分のために、この家族のために、その秘密を見てみないふりをする。

そのためなら、お父さんとお母さんが少しでも幸せでいてくれるためならば、それがわたしのためにもなるものならば、いくらでも気を遣って嘘を吐きだせる。

わたしたち家族は、血のつながりがない。

だから、あぐらをかいて過ごすことは許されない。

だから、常に気を遣い、大事に想い、接することができる。

それは、家族だったら無理だった。

家族じゃなかったわたしたちだから、できることかもしれない。

それはときに幸せで、ときに不幸に感じるだろう。

そんなふうに幸と不幸を行ったり来たりしながら、わたしはこの家族の中で過ごしていきたい。

「ただいま」
玄関のドアを開けた先に、わたしはこれからも呼びかける。

本書は書き下ろしです。

本作品はフィクションです。実在の個人、団体、とは一切関係ありません。（編集部）

実業之日本社文庫　最新刊

櫻いいよ
きみに「ただいま」を言わせて
小学生の舞香は5年前に母親と死別し、母の親友とその夫に引き取られる。血の繋がらない三人家族、それぞれが抱える「秘密」の先に見つけた、本当の幸せとは!?
さ9 1

櫻井千姫
16歳の遺書
私の居場所はどこにもない。生きる意味もない――。辛い過去により苦悶の日々を送る女子高生・絆。だが、ある出会いが彼女を変えていく…。命の感動物語。
さ10 1

辻堂ゆめ
初恋部　恋はできぬが謎を解く
初めて恋をすることを目指して活動する初恋部の女子高生四人。ところが出会うのは運命の人ではなく校内で起こる奇妙な謎ばかりで……青春×本格ミステリ!
つ4 1

葉月奏太
寝取られた婚約者　復讐代行屋・矢島香澄
IT企業社長・羽田は罠にはめられ、彼女と会社を奪われる。香澄に依頼するも、暴力団組長ともうひとりの復讐代行屋が立ちはだかる。超官能サスペンス!
は6 11

睦月影郎
淫魔女メモリー
小説家の高志は、裏庭の井戸から漂う甘い香りに誘われて降りてみると、そこには地獄からの使者が!?　淫魔大王から力を与えられ、美女たち相手に大興奮!
む2 14

南 英男
偽装連鎖　警視庁極秘指令
元IT社長が巣鴨の路上で殺された事件で、タレントの恋人に預けていた隠し金五億円が消えていたことが判明。社長を殺し、金を奪ったのは一体誰なのか!?
み7 19

実業之日本社文庫 さ91

きみに「ただいま」を言《い》わせて

2021年6月15日　初版第1刷発行

著　者　櫻《さくら》いいよ

発行者　岩野裕一
発行所　株式会社実業之日本社
〒107-0062　東京都港区南青山5-4-30
CoSTUME NATIONAL Aoyama Complex 2F
電話［編集］03(6809)0473［販売］03(6809)0495
ホームページ https://www.j-n.co.jp/
DTP　ラッシュ
印刷所　大日本印刷株式会社
製本所　大日本印刷株式会社

フォーマットデザイン　鈴木正道（Suzuki Design）

ISBN978-4-408-55667-3（第二文芸）